百部红色经典

革命的信仰

萧楚女 著

北京联合出版公司
Beijing United Publishing Co.,Ltd.

图书在版编目（CIP）数据

革命的信仰 / 萧楚女著. -- 北京：北京联合出版公司，2021.7（2021.11重印）
（百部红色经典）
ISBN 978-7-5596-5108-2

Ⅰ.①革… Ⅱ.①萧… Ⅲ.①评论性新闻—作品集—中国—现代 Ⅳ.①I253

中国版本图书馆CIP数据核字(2021)第035106号

革命的信仰

作　　者：萧楚女
出 品 人：赵红仕
责任编辑：孙志文
封面设计：赵银翠

北京联合出版公司出版
（北京市西城区德外大街83号楼9层 100088）
北京新华先锋出版科技有限公司发行
大厂回族自治县德诚印务有限公司印刷　新华书店经销
字数162千字　787毫米×1092毫米　1/16　13印张
2021年7月第1版　2021年11月第2次印刷
ISBN 978-7-5596-5108-2
定价：49.00元

版权所有，侵权必究
未经许可，不得以任何方式复制或抄袭本书部分或全部内容
本书若有质量问题，请与本社图书销售中心联系调换。电话：（010）88876681-8026

出版前言

为庆祝中国共产党成立100周年，全面展现中国共产党成立以来中华民族辉煌的发展历程、取得的伟大成就和宝贵经验，集中体现中华民族的文化创造力和生命力，北京联合出版公司策划了"百部红色经典"系列丛书，希望以文学的形式唱响礼赞新中国、奋斗新时代的昂扬旋律。

本套丛书收录了近一百年来，描绘我国人民在中国共产党的领导下艰苦奋斗、开拓创新、改革开放的壮美画卷，充分展现我国社会全方位变革、反映社会现实和人民主体地位、弘扬社会主义核心价值观、讴歌中华民族伟大复兴中国梦的100部文学经典力作。

本套丛书汇集了知侠、梁晓声、老舍、李心田、李广田、王愿坚、马烽、赵树理、孙犁、冯志、杨朔、刘白羽、浩然、李劼人、高云览、邱勋、靳以、韩少功、周梅森、石钟山等近百位具有代表性的中国现当代著名作家。入选作品中，有国民革命时期探索革命道路的《革命的信仰》《中国向何处去》，有描写抗日战争的《铁道游击队》《敌后武工队》《风云初记》《苦菜花》，有描绘解放战争历史画卷的《红嫂》《走向胜利》《新儿女英雄续传》，有展现新中国建设历程的《三里湾》《沸腾的群山》《激情燃烧的岁月》，有寻找和重建民族文化自信的《四面八方》，也有改革开放后反映中国社会现状、探索中国道路的《中国制造》，同时还收录了展现革命英雄人物光辉事迹的《刘胡兰传》《焦裕禄》《雷锋日记》等。

本套丛书讲述了丰富多样的中国故事，塑造了一大批深入人心的中国形象，奏响了昂扬奋进的中国旋律。这些经历了时间检验的文学作品，在艺术表现形式、文学叙述方式和创作技巧等方面都具有开拓性和创造性，作品的质量、品位、风格、内涵等方面都具有很高的水准，都是有筋骨、有道德、有温度的优秀作品，很多作家的作品都曾荣获"五个一工程奖""茅盾文学奖""鲁迅文学奖""国家图书奖"等奖项。

为将该套丛书打造成为集思想性、艺术性、时代性为一体，展现新时代文学艺术发展新风貌的精品图书，北京联合出版公司成立了由出版界、文学艺术界的资深专家和学者组成的编辑委员会。他们从文学作品的历史价值、文学价值、学术价值、现实意义等维度对作品进行了深入细致的研读和筛选，吸收并借鉴了广大读者的意见与建议，对入选作品进行深入细致的分析与综合评定，努力将"百部红色经典"系列丛书打造成为政治性、思想性和艺术性和谐统一的优秀读物，向伟大的中国共产党成立100周年这一光荣的日子献礼！

目　录

001	革命的信仰
004	青年与进化论和唯物史观
007	社会主义与我们的"社会生活"之意识
013	我们应该先求了解现实生活
017	我们应当注意实际的社会问题
020	"亏本"与革命
023	我们应无前提地做好人
026	个人主义之分析
038	隐居与避恶（通讯）
041	青年们现在可恍然了吧
043	要学成了再做事吗
046	革命的宣传与革命的行动

050　我们须注意于品性与行为之一致

053　世上并没有完人

056　艺术与生活

060　《中国青年》与文学（通讯）

062　脱离家庭及拒婚问题（通讯）

065　身心的锻炼与反锻炼

071　革命中学生应持的态度

074　教育与革命

084　革命与"革命教育"

094　青年与农村教育

讨论"国家主义的教育"的一封信	097
中国人之怨望	108
万县事件与中国青年	112
吾人应正名流误国之罪	114
反抗"五卅"惨杀运动中所见的阶级斗争	116
从九七纪念中看出的五卅运动的价值	121
谁叫醒狮派人学李汉俊	126
显微镜下之醒狮派	129
国民革命与中国共产党	177
国民革命与"专一""诚意"	194

革命的信仰[1]

我们眼前这般青年，在自己的内心生活上，大都没有什么信仰。我们不但不信仰什么，并且有时连自己的力量也还要否定了，我们常常问我们自己，我们所以如此，并不是因为我们有什么科学的怀疑精神——不肯轻易相信什么。一切摆在我们意识阈门口的东西，我们实没曾预先审察过：到底这些值不值得信仰，或应不应该信仰。我们只是单纯地、无条件地任什么都不信仰。这，实在是一种盲目的"否认狂"。我们生活上的一切烦恼、沉闷、悲哀、痛苦，都是发于这个根源。我们现在好比彷徨在大海里，茫无边沿的凶涛恶浪不断地扑身而来，我们的"一生"只好清醒明白地让彼卷了去！

我们要晓得：一个人的内心没有信仰，就是那个人没有"人生观"。没有人生观的生活，等于没有甜味的蜜、没有香气的花。何况我们现在方且生活在这样一个中国社会，这样一个时代的中国社会里？花、蜜岂止"不甜""无香"而已，简直连不甜无香的枯干躯壳

---

[1] 本书收录的作品均为萧楚女的代表作。其作品在字词使用和语言表达等方面均具有鲜明的时代特色。此次出版，根据作者早期版本进行编校，文字尽量保留原貌，编者基本不做更动。原稿本身脱字或文字模糊不清、无法辨别之处以□替代。

也还不能存在呢！万恶的社会之海的凶涛恶浪，不是已经把我们浮荡昏眩得差不多要死了吗？我们不是对于一切都已没有了一点勇气、一毫决心，去与之对抗了吗？我们怕毁谤、怕诬构、怕耻辱、怕失败、怕穷、怕死：我们是一事也不敢做，一步也不敢走了；我们已经成了驯犬，帖服在黑暗的恶魔之下——我们做了家庭的奴隶，做了军阀和国际资本帝国主义的俘虏，做了一切非道德、不道德的习惯的降服者。我们几乎连我们自己也不认得了！

我们应该想一想：我们现在这种生活，还能算是"人"的生活——还能算是人类之中堂堂的"青年之人"的生活吗？我们试一追忆我们几年前的那些"五四朋友"，和我们那几十年、几百年、几千年前的许多"人类之表率者"。我们可不问一问梭格拉底何以能那么从容而死；颜真卿、颜杲卿何以能那么抗贼不屈吗？文天祥怎么不怕死呢？史可法怎么不愿生呢？马丁路得何以有如此大胆？克林威尔何从得那样魄力？徐锡麟的手枪，何以放得那样快？秋瑾的血，何以流得那样红？黄花岗的烈士们何以死得那么齐整？五四朋友又何以打得那么高兴？

这岂有什么不可思议的奥妙！都只为佢们各人的内心，各有个充实其自我之意义的信仰而已！有所信仰，所以内心充实；内心充实，所以没有一隙可以为外来客气所乘——佢们的人格就成了一个勇气与决心相结合的结实物了！佢们的生命之前途，是无穷尽的，是光明的；佢们并不看见那些可怕的东西——于是他们大踏步地前进了！徐锡麟相信满清必倒，汉族必能光复，所以徐锡麟很快地射击了！梭格拉底相信真理永在，所以梭格拉底从容死了！五四的朋友，和黄花岗的烈士们，相信中国一定可以从佢们的呐喊声中解放出来；所以便一口气地演了那大打大杀的全武行了！我们的怯懦，我们的畏首畏尾，我们的容忍苟活，容忍得军阀、帝国主义……横行一世：

都只因我们没有像梭格拉底去相信真理，没有像徐锡麟去肯定自己的力量罢了！

  现在，死气弥漫了我们的周围了！"请看今日之域中，竟是谁家之天下"——翘首燕云，能勿悲乎？朋友！我们读书也读够了，我们现在应当不管它是什么，要各自赶快去找一个合乎我们现在的生活，和我们对于人类前途所负的使命的需要之物，以为安身立命之地——以充实我们的生活，把自己和自己所居的社会，一齐从那无边的黑暗之中，拯拔出来。

（载《中国青年》第 12 期，署名：楚女）

青年与进化论和唯物史观

我们都晓得十九世纪中,有两个巨大的火焰。这两个火焰,便是我们耳所熟闻的"进化论"与"唯物史观"。一八五九年那一年,真是一个革命的年代。在那年,达尔文(Darwin)发表了《物种由来》;马克思(Karl Marx)发表了《经济学批判》。他们这种前无古人的哲学,把欧洲乃至全世界永远变成了青年。他们用着他们的那巨大火焰,显示了一切过去自然界和人间社会的秘密,然后一切政治、道德、学术,才真正地开始向着一种科学的、有福于全人类的方向走。

我们中国一向被锢蔽于"非科学"的眢井中,对于一切自然现象、人事现象,从来只有些奇迹的信仰、神秘的不求甚解之解释——这和欧洲中古时代文艺复兴以前一样。因此每个人是从没过一个确切明了的宇宙观和人生观;而社会之演变遂一直到今天,也就没有一个人能为意识的驾驭;且没有一个人能有那怎么样去驾驭的思想。现在欧洲自从经过那两大火焰之显示以后,对于自然和社会的一切当然必然都已明了;虽然还没有完全把一切演变之事象入勒受辔,可是已经无处不在"方且图谋驾驭"之中了!我们呢?我们是只好看着野马散开四蹄盲目地飞跑了去。我们对于野马并不了解，我们不知万象森罗的"刍狗"关系，我们不知古往今来的治乱盛衰之理。我们因为没有明白系统一贯逻辑的宇宙观，我们也就没有那跨上野马之背、勒住它的缰绳的勇气的人生观。我们不知一切过去之因，所以无法去推一切未来之果。

我们不知社会的真实历史，所以我们始终不能明白人类生活的意义与它应有的方式。总之，因为我们没有进化论的根本的概念，因为我们没有一个生长的、经济的社会之了解；所以我们不明白宇宙的内容，不知道人间的一切变故究竟是什么道理。因此，遂没有我们的科学的宇宙观和进取的人生观；而我们的生活——国家、政治、一切文化——只好让它自然物理地进展了去，和"泻水于平地""任其东西南北流"一样。

青年们！我们读书，我们也读了这些年了！除了"圣人开物成务"的"国故"笼统话，和"用男人的肋骨造成女人"的洋谎；我们对天地人生晓得一些什么？一部廿四史果从何种动力演出的呢？这是要我们读了廿四史本身而去另外觅求解释的。进化论用自然淘汰说明自然界万象之由来；同样，唯物史观也用了"经济的"这更根本的观念，说明了古今中外一切文化史实所以变迁之必然。进化论在我们现今的学界，多少是已经有些研究介绍的了！唯物史观这一种研究人类生活之历史的、科学的方法，却还很少有人肯去注意，且更很少有人肯去信它。这或者是有人还没有知道它的价值，或者有人因为它是马克思的产物，联想上容易和社会主义在观念上表现。因为社会主义在现在，是绅士们所当引避的一个礼节的对象，所以也因而对于唯物史观不觉"远之"了！其实，唯物史观虽为马克思所组织地叙述出来，实质上却不必与社会主义不可分解。唯物史观是对于静的社会——过去的历史的一种解剖的观察；社会主义则是对于未来的人类生活——动的社会谋支配的方法。目下欧洲各国谈改造的，对于未来怎么样支配组织社会的方法和应该取什么形式，尽管千差万别——有的主张无政府，有的主张工团专政，还有的主张民主立宪——但他们的"社会生成与发展"的哲学的概念，却大都由唯物的史观而出。

我们现在是丁此百忧之世，正在捐上了个整理社会之木梢了！我们如不研究唯物史观，如不以唯物的历史研究法去获得一种社会变迁的理法概念，我们如何能去着手！不明物理的因果关系，即不能管理一部任何机器，更不能说去制造一部机器了！然唯物史观，根本上又是抽绎其概念于进化论的；故体系的逻辑上，又须上溯于达尔文。从生物演化之基本的原则研究而下，然后对于社会的人类生活方能组成科学的识解。一个正当庄严、勇敢活泼的人生态度，也才能成立，我们才能配去担当那改革伟业；而中国也才能从那时起，开始放入了我们的意识的铸型。

因为中国改革的责任，天然地只在我们青年身上；所以我觉得我们在目下有切实研究这二大哲学的不可缓的必要！

（载《教育与人生周刊》第 46 期，署名：楚女）

社会主义与我们的"社会生活"之意识

不须什么哲学，在直觉上，我们就可以无前提地说："人类是应该意识自己的！"

不错！自从有了人类以来，人类的一切活动，不就是他所以意识其自己的活动吗？一切文化的形成，只是这个意识自己的活动之过程而已！哲学、科学、艺术、历史——记载了这个过程的余像，负着我们，伸向未来。世界无尽，我们的意识自己之活动也无尽。

十九世纪以来，我们这个无尽的活动，才得到一个偶然的机会，加快了进行的速率。这便是由于我们在时间的机关车上，新添了两只锅炉，发生更多量的蒸汽——一只是达尔文（Charles Darwin）的进化论；一只是马克思（Karl Marx）的经济学。

我不明白我何以会这样"思想""动作"，何以会有了这么灵敏的一个"心"、这样方便的一双"手"？我不晓得为什么要生出我——生出这样的一个我来！这问题，在达尔文以前，我们只能有一个假的解释——话很简单，便是"上帝要这样，就这样造了你；所以你就这样了"！那时，我们是从这个假的解释，意识我们自己。自然这只是个心理的自慰的意识，在现在的我们看来是可笑而且觉得还是只当没有意识的——然而当时却很足以使我们生活上感着满足。无论什么事，只要在我们的生活上觉得满足的，便没有什么问题——我们便可以很安然地生活下去。但是时代的前进，大概是被镶嵌在宇宙的大机械里吧？！它在途中，总要遇着些它不愿遇着，或是它不知道要遇着的唯物的新境遇。相互的影响，自然就使我们向来觉得满足而可以安逸生活下去的生活，也随着生出些唯物的新要求和新意义来。譬如在未知用火以前，我们是安于生食的；偶然发现了火，且偶然发明了火食，那么，我们的内部人生观、欲望、思想和外部的食品、用具、烹调方法……便要或多或少、或急或缓地起一番革命了！是这样，唯物的社会之演变，与唯物的科学之蜕衍——达尔文先生也就被唯物的时代要求，推举了来为我们谋那生活的、哲学的新的要求与新的意义之满足了！他证明了我们是怎么样才有这个思想、这个心、这双手、这么聪明的动作。他在很远的古老世界里，替我们找着了共同的祖母——细胞。他叫我们知道我们是如何由我们的祖先而变成"我"，并且是什么东西叫我们变成和用怎么样的方法叫我们变成的——也一一地说了。这样，我们一直到现今，才算得了一个比较近真的"自己"之意识——自然，这个意识，说不定还是个完全假的，不过较前是已经很真了！

现在，对于我们的个体，换句话说，便是对于我们的身和心，是暂且了解了——意识了！我们生活上，关于一己的生理的和心理的秘密，可以姑且不使我们感着苦闷——因为有什么病痛，我们都已知道它的比较近真的原因和过程，而能够对症治它了！但是在我们的身心之外，我们还有个每日用以生活的"生活法"——这也是要去了解的——意识的。不然，那便是我们还没有意识得完全的自己。因为一个生理的人，在他的存在的时期，同时也是个"社会的人"——他从被唯物的环境，把他同他的叔祖父四足兽，及他的伯伯猿老大分了支各走一路以来，他就已不能离开了一个和他同类的群体的组织的生活而生活了！所以他在意识他的"生活体"之个体外，还须意识他的生活体生活于其中的那个"生活法"——这便是所谓"社会之结构与演变"。

"我们这个社会，是从原始以来，便是这样的呢，还是不然？"

"倘若自来的社会，并不是现在这样，那么，它又是怎么样变成这样的？"

"当它变的时候，是个什么东西叫它变的？"

"它在它变的过程中，是不是有一定的规则——等速率的，或加速率的；有秩序的，或无秩序的；直线的，或圆周的？"

"当它在变中所演出的各种形态，哪是好的，哪又是坏的？"

进一步呢——那么：

"过去的社会的形态与组织，有哪些我们应当采取，哪些应当警戒呢？"

"现在我们这个社会，若从我们研究所得的经验上看，又到底是好的，还是坏的呢？到底哪些是我们所应保存、扩张，哪些又是我们所该灭绝、改革的呢？"

而且：

"何以这个时代变为这个社会，一定要和那个时代的那个社会不同呢？何以同一个时代，而那美国又大异于印度，英国又不同于埃及呢？"

这些问题，在马克思之前，也和那些生物学的问题之在达尔文之前一样，我们也只能有一个假的解释——便是"一切社会的转变——治乱、兴亡、丰歉——都是上帝的赏罚；是由于你们不该在乐园里偷吃智果"！若在我们中国，那就又一样说法："一治一乱，五百年而圣人兴"；以及什么"人存政举，人亡政息"——连那乐园智果的假定前提都没有；更何须问在"理"不在"理"？然而这些中西的"国粹"（我想洋人也必主张他的国粹的吧）解释，当时却也一样令我们得到暂时的满足与安逸。这种安逸和满足的自己生活的意识，在我们中国——至少可以说在我们中国一般有国学根柢的先生们（从辜鸿铭到章炳麟）至今还是一样——他们都还相信着纯粹唯心的人治主义。

"细微苟不慎，堤溃自蚁穴"——一个不幸的唯物的演变，撞进了我们的安逸生活——它像韩敬文在上海大世界演魔术一样，却使安逸的人们生活，又不得不急起而发生新要求、新意义了！这便是像牛顿（Newton）遇见苹果坠地，瓦特（Watt）看见水壶盖子往上跑那一类的事。皮带绕着亮晶晶的铁轮，一切事情都变了——蒸汽呀，轮船呀，铁路呀……所谓"产业革命"之机运到此时，也就推举了马克思出来为我们解释一切生活之过程。

一八五九年是一个可恶的魔鬼的圣诞——在守旧者是这样想的。达尔文在这年拿出他的《物种原始》，用了"自然淘汰"这个最根本观念，阐明了生物进化在全部球面变化上之历史的和现实的秘密。同样，马克思也在这年贡献了他的《经济学批判》，也用了"唯物史观"这个最根本的观念，阐明了人间历史上变化的根本法则。从此，它便继续地使我们知道人类的一切行动，是如何随着他所处的那个时代的环境的物质生活条件而变迁。原来由渔猎而畜牧，而耕稼，而手工业，而工场手工业，而机械工业——竟和生物的进化是一样的。哺乳类的特性，孕育于爬虫之中；爬虫特性，孕育于鱼类之中——蝉联递嬗，因内在的条件和外界的要求规定了每一个时代的形质。生物学之全部表现了天演之意义，人类的历史也记载着阶级倾轧之过程。

一切政治、法律、艺术、道德、宗教、科学、哲学、风俗、习惯——一切治乱兴亡的社会现象，都只是人类的经济生活——在自然的（生物的、地理的、无机的）底布上随时反映之幻景。于是我们便又在个体的自己意识之外，同时得了一个群体的自己意识——自然这也许还是假的，不过较之神权说是已经很真了！

达尔文主义与马克思主义平行着是这样地叫我们意识了我们的整个自己。鉴往知来，我们的生活——换句话，便是我们自己这个"人"，从此才受到"我"自己的管辖。从前我们一切听于天命，一天到晚，只在那"天命之谓性，率性之谓道，修道之谓教"的世界中过日子。现在我们要从这两个启示里获得操纵我们自己命运的方法了！

自然淘汰，是必然的，但却不是固定的。优胜劣败，是命定的，但却也是偶然的。在这个分限上，于是有"人为淘汰"说，有遗传学，有优生学——生命的前途也许是一朵艳色夺目的香花吧？

一切制度，是必然的，但却不是固定的。社会的进化之径路，是命定的，但也是偶然的。在这个分限上，同样，我们也看见了自从《共产党宣言》以来的"革命人为改革"之方案。社会主义是不是就能使社会组织之将来成个快活的地上乐园呢？科学地研究下去，将会使你得到一个和在生物学里所得到的期许，有一样的可能希望吧？

人类应该意识自己，更应该意识自己的社会生活。青年朋友们！你们天天生活在这个社会里，你们可也会知道这个社会的生成、发展、变化的过程吗？可也会知道过去的历史影片，是由于一部什么机器使之转变的吗？读书十年，在一切学问中埋头钻研，无非是求这个解释。无尽的钻研中，我们已读过达尔文，自然现在也要读一读马克思了！

但这却不一定是要做一个主义的信徒,这只是要获得一个自我之意识。

(载《学生杂志》第 11 卷第 4 期,署名:楚女)

我们应该先求了解现实生活

罗志希先生在《晨报》副刊上，说吴稚晖先生"有特识而无常识"。吴先生有无常识，我们可以不必过问。我们现在只问我们自己可曾会也被罗君说着。

请饶恕我的冒昧——我觉得我们这些青年，尤其是我们这伙中等学生，实在有多数不能逃出罗君这句简切真实的评语。

我们试想，我们每天自从受了起床铃的命令开始我们一日的工作时起，一直到受了熄灯铃的命令重入睡乡，我们可曾做了些，或是学得些与我们生活上实际有用的事？不错！我知道诸君中尽有"举一反三"或是"闻一知十"的人，尽有不须那样做得或获得实际生活上的知识，而届时仍能应付的。然而我却要代表像我这样愚笨的朋友，觉得我们每日工作的大部——甚至全部，实在是和我们的生活，成为一个"风马牛"！

读斯宾塞的《群学肄言》，我们笑那牛顿是个书呆子！他硬要他的木匠替他的大小两猫，各开一门。他的数学的高深头脑，是如此地和他的生活相距十万八千里！

但是，我们中有几多牛顿呢？我们已经很明白地知道了"盐基"

和"酸"；但我们暑假回家时，却不能帮助母亲做好一碗菜。我们很记得"单子叶"和"显花植物"的生物的特征；但当端上一碗饭进口时，却不晓得它是经过些什么过程而成功。我们可以在形而上学中，辨别康德的"物如"和"时空之范畴"；却没有方法调和一对村农夫妻的心理冲突。坐标、轨迹、杠杆、力与数的道理可以做成一部书；然而寝室里横梁坏了，就还须得"不耻下问"地请教于工人。抵制日货呀！反对英美呀！至于旅大形势如何，位置何在，因何被日占领，为什么非争不可，当时的外交经过及条约又是怎样，长江联合舰队和铁道共管果是个如何的系统事实：这些却一些不知，或稍知而不大明白，或虽知概略而不详细。临时，推举了我当露天讲演员了！怎样办呢？满脸通红，两耳发烧，以急时抱佛脚来的一些模糊知识胡嚷一阵而已——虽然我每天在讲堂上，可以被教师指背一篇《威克牧师传》连一个拼音也不错！运动、游行，自然是容易的——但民众却仍未明白我们是为了如何一回事，我们的这一趟"生活"，就能算是已经应付下了吗？

　　我想我们若不能承认一个拥有"不兑现纸币"的人，为富翁；则我们也应当以同一的理由，承认我们自己的这些不能实用的知识，为学问吧？我们常常说我们是改造社会的；别人也恭维我们是改造社会的青年！但是我们却除了在三五朋侪抵掌酣谈之际，时而发出一个可以使四座起敬的特别见解之外——对于我们现在所要改造的那个对象——社会，却不了解。这又岂止是不能帮助母亲做好一碗菜的问题？夸诞而漫谈，在自己的生活上，和对于社会的道德上，又是一个何等可耻的自欺，与何等可怕的危险哩！"有特识而无常识"——那特识只是个无用的奢侈；牛顿富有超绝万众的特识，结果在一件事上还不免做个"书呆子"。我们也曾跟着说"少谈些主义，多研究问题呀"；也曾独立建议过"中国的改造，不可袭用任何主义，而须视国性与环境以定方法"的了！识见何尝不高超而特别？只是我们又曾研究了些什么问题？而眼前中国的一切情形，我们又曾知道了多少？今天如此，明天还是一样——因为起床铃和熄灯铃的缘故，我们还是要英文、数学地闹了下去。看看三年了，五年了，毕业生而兼社会改革者的青年——我，到了第×个国耻纪念时，露天讲演，或者还是免不了那样——红脸、乱嚷吧？——朋友！我们想想，我们究竟负不负这青年二字；我们究竟算有学问没有呢？社会上希望我们，而且把这副重担交给我们——我们则如何？岂不是我们越多，而社会越要"每况愈下"了吗？

是的！本来这也是不能怪诸君的。原来我们的教育家们、教师们，他们就是一手拿着《心理学讲义》，一手指着责备我们不该假寐而应该随班听他们背诵那商务印书馆所印的字的。现在怎么样呢？"识迷途其未远；觉今是而昨非"——杜威先生不是说得有两句话吗？他说："经验即是生活；生活即是应付环境。"学问是什么呢？学问不就是"增加经验"吗？增加经验，不就是在书本上——自古以来的那些古人的经验上，再加上我们现在所有的现实的经验吗？不就是把古人的经验拿来同我们的现实经验相调协吗？我们现在是生活在"我们"的世界里；我们便应该先求到我们这个世界的经验，然后再去加上古人的经验，或是把古人的经验拿来，与之相合呀！我们要求得我们这个世界的经验，那便是说我们要了解我们的"现实生活"。怎么样才能了解我们的现实生活呢？我的直觉是：公民、史地、社会经济、文学——应该混合起来，而以社会上最近所发生的事实为材料。新闻、杂志的记事，便是一种每日发行的讲义。以一个问题为中心，把那些研究的对象——社会事实——贯串起来，道尔顿式的自修设计也可以；三五个或六八个同意者，团体的设计也可以。总而言之，是务在求得一个可以"兑现"的知识。历史是从今天早晨以前起，向后倒数了去的。地理是和我们生活上最近的感觉印象相联结的——我们不单只记忆新加坡的风土、气候、物产；我们还记得曾被拟为大英帝国之军港，并且知道那一回所以要筑为军港的前因与后果。一切这样类推了去，知识才有了基础；学问也才有了意义。

自然，我们要了解一个全世界，是不能单像这样做这些常识的——也许有时还需要一个形而上学。单有常识，不成其为学问，然而学问是以常识为基础，则甚明白。我们的常识，并不是"写信必读""官商快览"一类的常识——它乃是一个最切近于现实生活的哲学或科学的原料。我并不是叫人专门只求了解现实生活——常识，我更不是叫人就抛弃了哲学和科学。我是说我们要有一个能够应付切身环境与日常生活的基本能力，然后再去讲科学、哲学。学问是经验的累积。它是拖带过去，伸向未来的。我们不可住在过去里面；我们要旅行于未来中去。"现在"是未来的开始；它便是乘了我们由过去之海而到未来的一只船。所以我们的学业之根基，只在这唯一的现在——现实生活。了解现在，我们才能在常识世界里应付环境而生活。倘若没有这些关于现实生活的常识，而徒讲些特识的哲学与科学，那便只是魏晋的清谈——虽有万千何晏、王导、刘惔之徒，其于世乱，还是无补——则又何须要有教育，要有学问？

（载《学生》杂志第 11 卷第 5 期，署名：楚女）

我们应当注意实际的社会问题

我在本刊上,虽然和我的亲爱的朋友们,见过几次。但我所说的,总不外是些关于个人修养的说话。我觉得单只如此谈去,于我们个人本身虽然或可成为一个"独善其身"的圣贤;然而,于世还是没有好大益处。我们现在的问题,应该是除了修养自己成个"好人"之外,还当去"兼善天下",使天下人都因我而得到好处。

要去兼善天下,首先便会了解"天下"。因此,我们的第一着功夫,便是要去研究天下的一切内容——这便是说要去随时随地研究所有的社会问题。我们现在亦会常常地说"我们要改造社会""我们要打倒军阀",然而究竟社会的实在情形是个什么样子,我们却是茫然的。譬如说,我们要对于农人的生活加以改善,这自然是改造社会的一种工作了。但是我们中国的农人究竟有多少?他们现在所过的生活,又是个如何情状?其中,有产的农人和纯粹无产的农田雇工,又有个怎样的程度不同?大地主、小地主、自耕农、佃农以及他们各自的家属,对于社会上究竟需要些什么?举凡这些问题,若我们不去仔细地研究,则单只问题的目录,便可列至数十乃至一两百个。我们若不先把这些问题弄清楚,而漫言改良农人生活,则不但我们的努力是白忙而无效果可收，恐怕农人们就在我们的运动中过一百年，他们也还不知道我们究竟是在做些什么。对于农人如此，对于其他各方面，也必一样地如此。所有的社会情形，我们都当于无论什么情况之下，随时随地加以研究。自然我不是说我们应当抛了学业，去像游方和尚一样，专做那种事业。我是说，我们应当在黑板、课本、讲堂、研究室之外，同时注意于社会问题。

至于社会问题要怎么样注意法，那也是须得预先筹议一下的。我以为我在未去研究社会问题之先，即当先具一种足以认识社会问题的常识。有好些人，对于好些社会的事实，并不能认识它有些什么价值；因此便不知道，去注意它的变化、研究它的关系。譬如南京城里，街道上沟渠的污秽、荒地里青草的茂密，在懂得相当的卫生学的人，便会知道它与南京市人的暑期生活有关系，而成为南京人死亡率中一原因的。如没有这相当的社会常识，对此必不明其因果关系，而不认它为一种社会问题之材料，去加以研究了！对于这种社会常识——社会问题之认识力的培养，应该是在平素多看些关于社会经济上各国的实际调查文字，及各种专门的著述（如《遗传论》《犯罪学》等）。

第二步，便是我要我们去留心调查社会上一切实际所发生的事实。这应当如我们在研究植物、解剖动物时一样地耐烦。大至于一个国家的政治上之变动，小至于一个小孩之死亡——都应当像照相一般实地把它一一记录下来。记录的结果，是集许多材料而分门别类地加以整理。整理中，便可以分析地或综合地统计起来，而找出它的抽象的变化之规则、因果之关系，而制成你所研究的那个问题的定律。这样，你将不但感着你的研究并不减于任何学术之研究的兴味；而且你一定可以对于"社会"这个东西，得到一个全部的或一部分的真切明了的概念。于是你当对于社会有所议论或着手做一件什么事时，便自然不会与世相违，而一定总有些可期的好效果，可以得到了。

　　朋友们！中国现在是水深而且火热了！我们既属于一国之知识阶级，对于一国的存亡盛衰，便应担负绝对责任。我们现在是正处于这个不贷的地位；我们若不研究社会，我们又如何能去担负？一切学问原是为了生活上的应用，我们才去学的呀！埋头于为学问而做学问的朋友——尤其是一般劳精疲神于所谓"国故整理"的朋友，你们且把你们的有用精力、有限光阴，向着社会吧！

　　　　　　（载《教育与人生周刊》第39期，署名：楚女）

"亏本"与革命

一个偏于左派思想的青年，最近给我一封信，其中有一段告诉我他的处世态度。他说："我对于同学，有许多不交言的；对于教职员，是没有一个能与之妥协的。同学们有一个对我说敷衍话的，我就以后再也不同他谈话。因为我不管什么时候，不同人谈话则已；一同人谈话，句句都是诚意的；一听人家对我说非诚意的话，我总觉得是'亏本'——以诚换了非诚。所以我宁孤陋自守，不愿多与人接谈。"

在这位不愿"亏本"的青年，大概以为他自己是一个纯洁而与世奋斗的人；以纯洁之身与世奋斗，就不可不取一种无妥协的革命态度。他以为他的革命事业——他的纯洁的人格，他的革命的天性——非这样便无从表现——而为他所痛恶的这种恶社会，也就不会有变好的时候！这是一个无识的、独断的愚想。我知道现在有许多好的青年，许多生来便总有一种革命性的青年，大都不免被这个"主观的自尊逻辑"所迷惑着。自然，一个人处世接物是不应该没有一个"自我"的立脚定点，而去与世浮沉。自然，我们无论对人对己是不可稍流于敷衍的虚伪生活的。但要知道这种态度，却有一个一定的用处——一定的范围。我们在我们自己的人生观和我们自己所抱的主义上，我们是不应当轻易地舍己从人。我们在保全我们自己的统一而光明的人格上，我们是不应当稍事敷衍。然这并不是说叫我们在日常生活上，无论对于一件什么事，无论对于一个什么人，必如此一一地用了这种态度去生活。倘若必须对于事事人人无论轻重大小都要如此，则我们自己岂不变成了一个为自己的锁链所束缚的囚犯？那岂不比泥塑的偶像，还要呆板些？那么，我们将见没有一步路可走，一句话可说了——因为在现在这种社会，是在任何时间空间里也难找到那纯然"诚意"而也一点不"亏本"的交接的。

只要我们的"大节"不变——我们的根本的哲学的体系，我们的"主义"与人生观不变，稍微差不多的小事，是可以"出""入"的。我们只要以我们的主义和人生观为定点，不使之稍有移动，则以此为中心而向着四面去画弧的活动，是可以随局势境况而变更其手法的。孔子曾见了南子，但只要孔子没有犯色情狂的罪，与孔子的人格并不生关系。我自己不吃纸烟，但我与吃纸烟的人谈话，并不能就算是犯了什么罪。

况且，我们在现在的中国，并不是只做个独善其身的乡愿[1]便可以算事的。我们是要"兼善天下"地去改造社会。吃纸烟的人——过敷衍的虚伪生活的人，说非诚意的话的人，已经算是一个要我们去改造他的"社会问题"了！我们连这一个起码的社会问题，都不能设法使之解决，而只能以"宁孤陋"的态度敬而远之，则我们还配说什么改造、革命？我们对于社会的伦理的问题，并不是如何远避吃纸烟的人的问题，乃是怎么样才能使他不吃烟。革命的事业，在他的本质上便是一种"亏本"的交易——他的意义除了牺牲，还

---

[1] 乡愿：伪君子，指看似忠厚老实，实则无道德底线、趋炎附势之人。

有什么？

　　我们方且要入地狱去从井救人，奈何对于同学们几句非诚意的谈话之"亏本"生意都不愿做？这样，我们还能出了学校，去干革命的伟大牺牲吗？勇敢的革命家，是不怕现实之丑恶而去回避的；他要从丑恶的现实之中一直通过，把丑恶拿来美化。真正的圣人，并不是要他能够守住"非礼勿动"的死格言，不去见南子，是贵他能见了那样一个绝色的南子而他还是他——一点没有堕落，并且还把南子变作了和自己一样的同志！

　　还有一义，便是"责善只能对于自己"，不可以己所"善"者责之天下人——但必须以己所善者去劝诱天下人。革命的另一根本含义，便是如此。倘若天下人都能如你一样，都能像你纯洁而诚实，则天下又何须改革？

　　青年们！革命原是一种传教的事业。在我们自身还未为革命而死去的前一分钟，我们还走在一个纯粹"亏本"的过程里；死了，然后我们的宏愿——亏本的意义才算完满。你若不愿做个革命的志士便罢！你要有所从事于革命，则你应当时时对于社会去找"亏"吃——这便是说你应当以你的全部身心贡献于那亏本的工作中去。至于和同学们谈话，从"亏本"中收得我们的教徒，扩展我们的革命成功之途径，那不过是一个全"亏本"过程的开始而已！

（载《中国青年》第32期，署名：楚女）

我们应无前提地做好人

　　现在有一种戕贼人性的无形的传染病，暗示地弥漫于我们青年社会。我们常常听见我们中间的许多朋友，愤然作色地说："现在举世滔滔，都是一丘之貉，我又何必独自立异？"再不然，便说："人人既都已不愿为好人，而且敢于为恶人；我为什么又要一定去为好人呢？"我老实承认我的神经过敏，我觉得我们青年们倘若真像这样过下去，那便简直是人类在那里自杀。一个"人"，到了要去做一个好人的时候，都还要在和他人的行为上去作比较，都还要先问一问是"为什么"；则世界的文明进化之根本，试问还有什么地方可以托足？我想倘若已往的古人，也曾照我们现在这样地计算过，那么，一切的革命的历史，便都不会有了！要晓得世界所以能够有时代的变换，显出它的进步的成绩的缘故，唯一的便是像我们这样的青年们，能够"尽其在己"地、无条件地去为好人。

　　自然，胡适之先生所说的是不错的：我们对于我们的生活，应当要求一种意义。"为什么不把大姑娘的小脚放了？""为什么大嫂子脸搽了那么多脂粉？""为什么出棺材要用那么多叫花子？""为什么这个；为什么那个？"但是，我们可不要误会了！胡先生所说的，不过是教我们怎么样去管辖我们的生活，却并不是叫我们去怀疑我们的"本身"之存在。我们应该以我们的意识，去问我们究当如何生活法，我们却不能对于那生活的本体之"我"——即对于生物学上的一个"人"——发生什么疑义。煤炭，我们是可以商量怎么样烧法的——在壁炉内或在地炉内。但煤之本身之燃烧的能力，那是已先我们的"商量"而存在的，倘若我们对于一块明明白白具有燃烧能力的煤而竟商量及于它的本身——竟去怀疑它可不可以燃烧，那便直是在否认它是煤炭了！同样的道理，一个生物学上的"人"，是不容我们去问他究竟应不应该为善的。"人"这个字，本来就是宇宙的向上伸展、生物的"究竟觉""善"之完满的表现的象征。在伦理学上成为问题，只是人应当怎么样去为善。"人为什么要为善"的问题，根本上是一个否认煤炭是煤炭的滑稽。无论什么古怪的形而上学家，他可以有世界究竟是心是物的疑问——但他总不能发一个"人"究竟是不是"人"之想。

"人"，在伦理上既是先我，先我们，先一切人类而存在的一个真实的本体；"人"之必不可不向善，又是一个出乎宇宙意志的本然的内在条件。换言之，便是人之不可不为善，乃是由于长时间生物进化之唯物的结果，和煤炭之由于构成石炭纪的植物之唯物的形成而使之蕴有可燃性一样。那么，除非我们从来就没有为"人"——就不是人——或是有一种神秘的魔术把自己立地由人而变为非人。不然，则我们既已为"人"，既已是世界上一个人，我们就只有尽了人的本义，去无前提地为好人！这个逻辑的体系，便是：

"因为我们是'人'！"

"所以我们必然的应该为好人！"

"人"，就是所以必须为好人的前提。

"举世滔滔，一丘之貉"，和许多人都敢于为恶人，这固然是我们应该引为愤恨的，但却不可误认这就是足以证明人之不应为善。他们的不为善，他们的敢于为恶，只是他们没有人的觉悟，不知道人之应当为善，或者是不晓得怎么样去为善罢了！对于这种人、这种世界，我们愤恨，但同时我们亦当怜悯，尽其在我，改善而拯拔之——以我这个有了人的觉悟的人，去救那些现在尚没有人的觉悟的人；所谓以先觉觉后觉，乃正是我们的责任。他们之不为善，正是因为我们还没有尽善。我们应该做出善来，给他们一个榜样。因此，则我们不但是应该在我们已是一个"人"的本分上应为善；而尤应以"我不入地狱谁入地狱"之悲悯心，更发一大宏愿去替他们为善。我们应当从愤恨中，去积极地救那些被愤恨者；我们不应当消极地反去加入他们的队伍。

我说上面这段话，我是有所为而发的。我见着现在许多学校中，因为有一部分坏的同学不向上，致使学校中生出些不好的空气。好的少数人，每每思想而有以易之，辄以敌不过他们而气馁；或是被他们嘲弄、讥诮、骂詈，因而灰败了心志而出于愤恨。于是反动的结果，就一个个都去"汩其泥而扬其波"！天下大局之坏，也都是由于这一轨道。朋友！我们能够这样吗？自己的良心、现在的时势，能够允许我们这样吗？我希望大家把我这篇东西仔细忖量一下，不要再在那里戕贼人性、戕贼社会文明之向上呀！

（载《教育与人生周刊》第 38 期，署名：楚女）

个人主义之分析

"个人主义"是与"社会主义"相对立的名词（此处所谓社会主义，并非指马克思的科学的社会主义，乃指一种不以个人利益为中心，而以社会上大多数人之福利为依归的伦理行为而言）。我们做革命党员的人，根本上的职责所在，便是要牺牲自己一切享乐生活乃至性命而为"他人"（社会上一切被压迫者）去谋福利的——根本上便应该是无条件地做个社会主义者；所以我们对于个人主义这个东西，尤其要彻底研究明白——才不至于使我们的一切言行入于它的范围而离开了社会主义（便是说离开了"革命"）。

许多革命的同志，都常常说他不是个人主义——说他竭力反对个人主义；然而实际上，他的行动却又常常在不知不觉中成为一种真正的个人主义。这大概都是由于没有把个人主义这个东西分析清楚。因为个人主义并不是一个简单的东西——它的表现，颇有好多方面，有好多种不同的形式。

个人主义可以由主观的和客观的两方面发生。主观的个人主义，便是说我自己有意识地选择它——明知其为个人主义而故意要像那样去做。客观的个人主义，便是说我自己虽然时时以个人主义自戒，然而在行为上却无意识地犯了个人主义的毛病而不自知。

　　主观的个人主义，又可分为消极的和积极的两种。每种之中，又有其本体的和变相的之分。积极的、主观的个人主义之本体，可借一滑稽形容词名之为"张宗昌的天罡主义"。张宗昌召集山东绅商，强筹军费，说："你们现在拿了'别十'，我拿了'天罡'，所以你们就应该无条件地送钱给我。"自从"盗跖"以来，一切强盗、军阀、土豪、劣绅，都是这种天罡主义的产物。他们只顾一己生活的享乐，毫不思"他人"因自己所受的痛苦；他们的生活，是以别人的红血白骨为内容而建筑起来的。他们不但不以他人的痛苦为痛苦，而且还要故意地造出他人的痛苦来，以为一种"乐趣"。此种天罡主义的第一变相，便为黄巢、张献忠等的"地煞主义"——极其残忍的杀人放火主义；或是李完用、李容九、曹汝霖、梁士诒等的"娼妓主义"——极无廉耻的卖国荣身主义。天罡主义到了黄巢、张献忠的地煞式时，在实际上已不是个人生活问题，乃是在他们的心理上另养成了一种疯狂的变态心理——即所谓残忍的本能之特别发展——把看着他人在痛苦中宛转呻吟以为乐的这件事，养成了一种嗜好，和四川人吃辣椒、北方人嗅鼻烟一样了！其第二变相，即为"资本主义"——即为现在横行世界，有如洪水猛兽的所谓"帝国主义"。帝国主义是资本主义发达到最后的一个阶段。资本主义的根本基础即在榨取劳动者的剩余价值。资本家拿着天罡（生产机关）压迫那成千整万的拿别十的无产阶级和那产业落后的殖民地半殖民地——由十二万万五千万人的白骨红血之上建筑起工业革命以来的资产阶级的文明之全部。美国的罗克匪勒，法国的骆士阶德，日本的大仓喜八郎，中国的陈嘉庚、虞和德——同黄巢、张献忠、张宗昌们，都是五服之内表兄弟。其第三变相，则为"英雄主义"。英雄主义是个人主义中一个又要"面子"（名誉）、又要里子（享乐生活）的形式。

从那叱咤风云、不可一世的楚霸王，一直到"俺是好汉也"的黄天霸，都是由于这种拿天罡的"唯我独尊"之观念所造成的。他们所嗜的鼻烟和辣椒，便是社会上千万人慑于他的威势，或是震于他的功业而崇拜他，和历史上的永远传说。自然从古以来，并不是凡抱这种英雄主义的人，便都是"损害他人生活"的坏人——大凡自己要做一个名传海内、流芳千古的英雄的人，是不会如张宗昌、张献忠等之野蛮，罗克匪勒、大仓喜八郎等之贪鄙的。有时因为时代和环境的关系，往往有了他们方可使人民得到一种相当的解放——他们有时也是推动社会向前进的。他们的生活，不一定必须损害他人但有时亦不得不损害他人。他们有时虽损害他人，但也有时在损害过程中同时为他人生活而做些较好的事。他们在生活上不过要求一个与寻常人（即"小民""凡夫""俗子"）比较高贵一点的"贵族式"而已——他们的大目的，却在以其权□□□他人，使千万人皆成为我之被支配者。他们中间的品类极复杂，特好的如代表清教徒反抗英王专制的克林威尔；坏的便如穷兵黩武之拿破仑，好大喜功之唐太宗、元太祖，愚妄求仙之秦始皇、汉武帝，乃至想以武力称霸全球的威廉第二。其更坏者则直为黄巢、张献忠、张作霖、吴佩孚（黄巢等是以英雄主义而兼做地煞的；克林威尔之徒，则是以英雄主义而兼做好人，要好名誉的），要其大多数皆为"一将功成万骨枯"。强盗资本家以及土豪劣绅，以他人之肉为滋养料，英雄们则以他人之血写其超乎流俗之历史（但读者不可误会，以为一切凡用武力、凡统率武力者，悉为此等主观的个人英雄主义。有许多领导革命的伟大首领，在他们的"主观"上，却并没有此等思想，如孙中山曾为大元帅，诸葛亮曾总领蜀中诸军，他们都是为"社会"反抗黑暗势力，"鞠躬尽瘁，死而后已"）。

综合此等积极的主观的个人主义，虽其形式各不相同，而其思想则要皆出于一源。他们都是一种谬误的达尔文主义——把生物竞争中强凌弱、众暴寡的现象，认为是道德上之所当然。承认"人生"是要以腕力去创造的。因此，他们遂肯定"权力"为一切正义之表现体。所以他们这些人，便自然做了古今中外封建制度、资本生产制度中的历史的材料。所以他们常常居在他们自己的统治阶级的观念中，承认社会上应该有"阶级"存在，应该有"不平等"，应该保存私有财产。所以他们极力反对赤化的打破阶级的革命，极力维持社会上的身份关系。所以他们能够恬然怡然地说他们自己是拿了"天罡"，说他们有天赋之特权。他们的这种生物斗争的人生观，更养成他们一个"成则为王，败则为寇"的处世原则。所以这种主观的积极的个人主义的第四种变相，则又常常成为一种服从他人的"奴隶主义"。因为他们的人生本体，只有"权力"二字，自己如果不能支配他人，则便应当为他人之所支配——在权力上，只有"胜""败"两途。"大鱼吃小鱼，小鱼吃虾，虾吃泥巴"——整个的阶级社会乃由此而形成；英雄主义与奴隶主义，天罡主义与别的主义竟是同源异派之物，亦奇矣哉！

消极的、主观的个人主义之本体，可名为"杨朱主义"。"拔一毛而利天下不为"——俗所谓"各人自扫门前雪，休管他人瓦上霜"是也！乡下守财奴，是此派最好的代表。其第一变相，则为老庄式的虚无主义；第二变相，则为佛教的出世主义。从极悭论的杨朱，一直到博爱无我、冤亲平等的释迦牟尼，他们无非都是把"个人"——把"我"看得太真，把"生活"看得太切；换言之，即太贪恋于现实的生活了！杨朱之不肯利人，乃因其利人即为损己；"人生几何，对酒当歌"，及时享乐尚且不暇，何能管得他人——所谓"我躬不阅，遑恤我后"也！庄周的人生观，号为旷达，实则乃是因为他把自己生活的要求（欲望）看得太实在、太真切，因而感觉得无法满足。却又不肯去以革命（改造生产关系）要求满足以利一般与己同病之人（凡是把个人生活看得真的人，一定也把"死"看得非常可怕，而爱惜生命如同珍宝）；所以就只好驰心于幻想之境，回避现实（即闭了眼睛，不看外界一切现象），以"自欺"的方法安慰自己于片晷暂时之间。他之梦为蝴蝶，乃正是他要求能像蝴蝶那样自由，可以随其心之所欲而满足其个人生活上之欲求！释迦之"无我"乃正是心中"有我"之反映；厌生出世的唯心说法，乃正是唯物主义走到极端时，发生一种对于自然的愤怒（如泼妇之以死拼命骇人出气）。好多人以为佛教乃唯心哲学之最高境，其实它是由于肯定现实生活太切，所以才感觉到生、老、病、死之无法避免。因而在意识上，遂发生一种机械的唯物人生观，承认一切都由命定，和物理学化学中的方程式公式一样，是历尽宇宙，终古不变的。一瞑不视，万事皆了——出家厌世的低眉菩萨，其心中却正燃着对于人生的无明愤怒之火；其旷达乃正是其拘囿；其无我乃正是其"我执"。他们这些主观上消极的个人主义，虽然并不损害他人以利自己；但其流衍所至若使多数人均成为"自了汉""厌世家"，则直可以使宇宙毁灭（宇宙因他们而毁灭的事虽不会有，但他们□□□现实，不问不闻，结果徒使前一派盼个人主义者——张宗昌之流显得猖獗）！他们的思想，根本上也是一种谬误的达尔文主义。不过前一派是承认物竞的血斗为"当然"；他们则以为"天地不仁，以万物为刍狗"——以为是"不应该"。杨朱因为要防御此不应该之袭击，所以不肯损己利人；老庄佛陀则以为纵然利人，也属无用——或则反而成了助长这不应该的斗争之因缘，所以他们以"出世"相号召，以为"釜底抽薪"之计（佛教的思想，简直是想要将地球挖空，装上火药，一爆而尽——只可惜没有一个地方让他站着去点燃引线，以保全他自己）。他们这种机械的唯物人生观，如果遇到胸襟比他们狭隘一点的人，便又很容易走到一种虚无的恐怖主义中去——如巴尔志跋绥夫所描写的工人绥惠略夫那样，拿了手枪，见人便击，以泄他的愤怒（革命党人为了革命而暗杀，是与此等的恐怖主义不同的；因为他不是为了暗杀而暗杀，此等人则以暗杀为目的，此外别无意义）；这是第三种变相。此外又可由杨朱主义而发生第四种变相，如寻常人生活中所见的"千金之子，坐不垂堂""急流勇退，持盈保泰"的"明哲保身"主义。所以老庄的别派，又产出魏晋时代的那些"清流"。阮籍穷途痛哭，作青白眼，不谈他人过失（即为一种明哲保身之法）；嵇康佯狂玩世（即为变相的绥惠略夫）；刘伶一天到晚泡在酒缸里，幕天席地（即为变相地出家，变相地梦作蝴蝶）；他如陶渊明之诗酒自遣，白居易之知足自晦，蒲松龄之专谈鬼怪（骂人出气）；都是此流。其最下者，则如娄师德"唾面自干"，冯道为"五朝元老"，吕布为"三姓家奴"。至于韩愈三上宰相书，摆出一副寒酸秀才面孔；李白之长揖韩大军阀，做出一副拍马屁的神气；也莫非由于此种消极的个人主义而来。总结言之，此派人的病不外于"贪生怕死"四字；不过其"贪"与"怕"的程度各有不同——韩愈贪得比冯道廉一点，阮籍怕得比娄师德勇敢些罢了！

客观的个人主义，在表面上每每令人不觉得它是个人主义——其潜伏于人类心理中甚深。大概因为人类生来，原有一种出人头地的好胜心（这是由生物进化遗传来的），亦可名为"自尊的本能"。英雄主义大半即由于此种好胜心的特别发展。好胜心的本体是英雄主义，其变相则为"贤人君子主义"或"人格主义"；而"风头主义"与"虚荣主义"则为其较下流的形式。贤人之能被社会认识其为贤人，乃以其有"不肖"之比较；君子之所以得为君子，亦以其有"小人"为之陪衬。为贤人君子者，对于正义、人道、公理均能切实认清，不稍苟且；独对于真正的无阶级之平等，总有些不愿意——便是因为他们的生活基础建筑在这件事上面。他们之主张公理、正义、人道，乃正所以表示他们之为贤人君子；正所以形容你们这些小人之不知公理、不知正义、不知人道。他们有时也很勇敢地成仁取义，为社会而革命；但他们在主观上却以为这都是君子惠及小人、贤者怜悯不肖的仁慈之事。他们以为阶级的成立，即在乎知识之有无；而知识则为贤人君子之专利品——故对于"学术"常常有一种不肯开放及骄人的倾向。因此他们遂肯定政治应该是贤人的事——所谓君子治人，小人治于人；有知识的人，绝不能和无知识的在同等地位上相与共事。于是他们一方面反抗黑暗势力之压迫；一方面却又不愿意农工阶级（小人）之兴起。所以他们乃成为黄色改良主义者，成为中庸之道的人——成为革命中的右倾分子。他们中较贤的，或因不愿农工起来，而走入消极，抛开革命战线，不管一切；其较不贤者，则宁可与统治阶级妥协，以抑制下层阶级势力之发展。他们常常借口"和平""勿走极端""稳健"，以掩蔽其方巾安步、宽衣博带之迂腐气。此等人，在古时则为柏拉图、孔仲尼，这是较贤的；在现代则为梁启超、丁文江、醒狮派乃至赫礼欧、哀尔柏特、麦克唐纳尔，这是较不贤的。此等贤人君子无论他是有意识的、无意识的，皆是在客观上帮助了反动势力（统治阶级）而成为反革命者。他们所以如此，无非为了他们要保持一个较小人不同的社会地位——一个较安逸而又有荣誉、使其自尊心得到满足的生活。

"人格主义"，根本上只是"风头主义"的一个较高尚、较漂亮的形式。众人皆醉我独醒，天下皆浊我独洁——我之人格超乎"凡人"，乃正是我之"风头"出得甲乎天下。这是一种精神上的虚荣。屈原嫉楚国政治之污浊，佯狂被发、自沉汨罗；所以表示其人格之清高有如贞女也。实则屈大夫除了作得几句呜呼噫兮之文，未必就有什么政治本领，足以在楚国组织内阁治国安邦。他不过因为楚怀王，把他的"秘书"地位予了上官靳尚，在楚国"文章界"使他失了风头（自然他不是争那秘书的薪水——他不过是争王之宠）而已！他不与上官靳尚同列而洁身高蹈，至于以身殉志，谁敢说屈灵筠先生的人格不高尚，不可以为万世之准则？然而若使楚人举国如斯，有人格者，相继都去做了淹死鬼；结果只有上官靳尚那种污浊者统治楚国！屈先生之自杀，客观上给了上官贼子以其求之不得的机会，正好巩固其黑暗势力。使屈先生而果以"社会"为念（乃至果以"楚国之社稷"为念），则当举一切毁誉得失无所容心，起而推倒上官氏，不胜而死于白刃之下，岂不胜于汨罗万万？屈先生之不能如此，乃正是个人主义在他的"下意识"中支配着他的缘故！依此而论屈氏之贤实尚不及伍员（自然伍员也还是个人主义）。古往今来许多人，常常借口于某人或某团体分子人格不好，离开群众，高自位置，坐使社会不正当势力得以发展巩固而无碍，皆所谓天下之罪人也（以上所说，还是人格主义的正体。此外还有许多虚伪的人格主义，明明是自己偷懒、怯懦，却要说他人人格不好，不屑与之合作；明明是自己别有用心，要想拆散革命势力、破坏革命组织，却也要借口于保全人格以为护符——如近来一部分之反对共产党、国民党者，破坏学生会者）。但这不是说一个人不要"人格"，更不是说一个革命党人可以不必自己整饬自己的人格。人格当然是"人"的起码——一个人如果没有人格，在伦理上便是这个人只是"生物"了！人格是我们人之所以为"人"的标志。不过我们应该认定我们之有人格，乃是我们分内的事，不是什么值得夸耀于他人的事。把人格拿着去向他人夸示，便是等于把分内应有的事当作一件非分内的本不应有的事，结果便是承认人本可以不要人格；所以你有了人格，才特别觉得可贵。我们站在"社会"的观点上，应该"其责己也重以周，其责人也轻以约"。他人或他团体，容或不能尽如我意中所拟想之人格，这乃正是我们的责任所在；我们不应以自己之有人格去"骄"他，而应该把他由无人格或不完全之人格中，引诱之而使之成为有人格者（但我这话，并不是说要以人格普及主义救国——我只是说我们不应以自己之光明而避开黑暗，而应当以光明去征服黑暗）。如果你不是个人主义者，你便应当专向黑暗中，专向没人格（其实，人格的客观标准亦至难定）——即屈原所视为污浊的社会中去，做你所应做的工作。真正的勇敢者，决不回避现实！隐逸与自杀的、离开群众的人格主义者，乃是真正怯懦的个人主义者。真正立在社会主义观点上的革命党人、真正的有人格的人，不但不回避丑恶的污浊的黑暗的社会，而且他为了要求与社会大多数人的利益，有时还不免要与他的敌人，也形成一种以退为进的合作形式（这并不是妥协，乃是深入敌阵去做自己的工作）。闭了眼不看女人的佛菩萨，并没有什么人格可夸；要看见了"南子"还是不为南子所堕落，才能算他是有真正的人格！

人格主义，贤人君子主义之根本发轫点，莫非由于"风头"与"虚荣"。有风头欲望和虚荣心的人，便会常常将自己看成是君子贤人，便会时时标榜他的人格高于常人（前说阮籍、蒲松龄等，也有一半是由此养成的）。此等因为风头受了压抑，虚荣心未能满足，消极的便自杀，或高蹈远引，或入于隐逸生活。高蹈隐逸之不甘于高蹈隐逸者，辄又成为一种"高调主义"，专门在旁边唱高调、说风凉话、不负责任地指摘别人所做的事，自己却又不肯去做——天下总无一事能够满他的意，别人做出来的总是不好的。其积极的则必流为"反动"而成为一种偏狭的"意气主义"。许多人因某次风头受了挫折，遂迁怒于参与其事之某团体或某人；因与某人感情不好，遂怒及其所属之团体；或因与某团体有所不洽，遂憎及其团体中全体之人。寝假而走入极端，故与为难。甚至不问事理之是非，只看是否为我所仇而定赞成与反对之态度，恼羞成怒，一错到底！团体如汉之甘陵邱党，宋之洛蜀朔党，近日之醒狮派；个人如王安石之独行其是、不顾一切（犯左派幼稚病者，每每即是意气盛的人。王介甫犯的是左稚病，结果徒为蔡京、吕惠卿等所利用，而授司马光等以讥评之资），章炳麟之卖身奉张、甘做虎伥——都是这种意气主义的个人主义所使然——虽然他们中间也还有贤与不肖的分别（按醒狮派和章炳麟，也杂有一些主观的、积极的个人主义的质素）。意气主义又往往就是忌妒主义。忌妒他人比我能干，便是忌妒他人比我的风头出得好。因此而走入意气之途，在感情仇视比我好、压抑我出风头之人。又意气主义与人格主义之另一变相，便是带有无政府主义之倾向的所谓"自由主义"。有许多人不愿意受团体约束，反对"纪律"，主张个人的身心应该绝对自由。甚至造作理论，谓"革命"本所以求自由，今有纪律，乃先已不自由云云。甚至反对一切组织——因为凡是组织，必有多少拘束个人行动之处。这些也无非是一种意气在那里起作用。此等人若在团体内，便常常不受团体的主义策略决议之约束而为个人行动（如因讲恋爱而抛弃革命工作，因要赚多钱而轻于调换或放下革命工作，不到会，到会乱发言或不服表决，不缴会费等）。

以上所分析的各种个人主义，除了很显明的"天罡主义""资本主义""奴隶主义""杨朱主义""地煞主义""娼妓主义"，为我们一般革命党人所不会犯的之外，其余如英雄主义、虚无主义、出世主义、无所谓的恐怖主义、变相的明哲保身主义、贤人君子主义、人格主义（反革命的独善其身主义）、风头主义、虚荣主义、高调主义、意气主义、忌妒主义、虚伪的自由主义——都是我们所容易"犯"的，犯了还不自觉的——尤其是我们这般所谓知识阶级的富有小资产阶级根性和浪漫的文学倾向的青年学生所最容易犯的。我们想想，我们在日常生活中，可曾有过上面所述的那些隐伏的个人主义？我们若把我们的已往历史，一件一件细细覆按一道，我们是不免要觉得毛骨悚然，感着自己也曾有过若干"反社会"的个人主义之言行的？反乎社会主义的个人主义，在主观上因为自私自利，在客观上也还是一个自私自利。此等自私自利的个人主义，不外二途：（一）直接为社会上之扰乱者；（二）破坏或拆散或减少革命的势力，在客观上间接地帮助了恶势力成为扰乱社会之"从犯"——总之是"反革命"！

我们要祛尽我们意识中所潜伏的这些个人主义的质素与倾向；我们便应当学墨翟，学孙中山，学列宁。他们都是"摩顶放踵利天下为之"，数十年如一日。他们都有极伟大的人格，但他们从没有向别人夸示过一句。他们一生专向黑暗中做工作，专向困难污浊中求生活。他们绝没有和群众离开过。他们绝没有在言论、文字中鼓吹过自己的领袖才识——没有替自己做过一次广告。他们真是尼采所说的超人，他们不但是负重的骆驼（独任艰巨劳怨工作），他们还是猛勇的狮子、无畏的婴孩（他们一生不知计生死利害，永远站在革命的最前线）。他们从不责备他人做得太少；他们只计算自己是否做得不多。他们脱尽了阶级的观念，他们乃是真正的平等、博爱主义者——在他们眼内智愚贫富同是人类，只有剥削者、压迫者才不在他们所认为"人"的范围中。他们对于仇敌，没有一丝一毫的宽恕怜悯，他们绝对地没有妥协。他们很少有时候想到自己——意识到自己的生活，他们心目中只有"人类"和"社会"。他们有时囚首垢面，但他们并不是如那王衍之流，要故意如此以沽名；乃是因为他们只想着社会，忘记了他们自己。他们绝不计较一切个人的得失毁誉；他们只对于革命与反革命的关头死也不放松一分一寸。他们有时为了社会的利益，虽使个人受到很大的屈辱也不辞（如司马迁忍受阉刑而著《史记》；卢森堡女士因要在德国取得国籍，从事革命活动而不惜牺牲肉体，以与其所不喜之德国某君结婚；列宁坐了封印火车回俄国革命，让德国把他当囚犯看待）。他们这样才是真正的旷达，真正的无我，真正的非个人主义！

（载同名单行本，署名：萧楚女）

隐居与避恶（通讯）

楚女：我对于我的前途，已有具体的答案。我情愿耕田自给。我这样向你说，我不怕你责我。因为我要不就此罢休，我的堕落将要不知所底。我十几岁时候，我的脑力、骨气，并不是一定够不上一个二十世纪的青年的。但自从我进了二师，到现在一直是整日地向堕落方面走。吃烟、打牌，我都学成了全的。你看还了得了不得？我吃烟打牌是从哪儿学会的呢？因为人家讥笑我，说我不入局、不随时。那时我的意志薄弱，不知道真是真非，遂以为人在世上，都是这样。既然入了人的牢笼，也不过是这样鬼混罢了！现在这些恶习惯，已然尽量地占了我的脑海，牢不可破。我现在不愿意将我高尚清白的心地，再给恶社会糟蹋了——所以愿意回家过我那"自食其力"的生活去！

程钦：你的过去的多罪的生活，能这样地老实公开出来，这要算是在青年中很难得的。现在的青年朋友，有了罪过，他们不但不肯自承，并且还要找种种无聊的理由，以"文"其"过"而"饰"其"非"。或者，他们就简直一点也不晓得他们所做的是罪恶——这等人醉生梦死，那便令我们更只有可怜他了！你说你所犯的恶习惯，"已经尽量地占了脑海，牢不可破"——这话，我看不见得。因为你说你"现在已经不愿意将高尚清白的心地，再给恶社会糟蹋了"！有此一觉，何事摆它不脱？那些习惯，根本上都是起于一种"自我表现"的虚荣心。你现在既有了"自食其力"的觉悟，即是已经开始打破那世俗的虚荣，而另觅得一个自我表现之新途了！顺此而往，自有一种新的生活意义，在你的身心两方面伸展起来，更何必一定要回家，然后才算能避去罪恶、保全人格？一个人只怕没有彻底的觉悟，有了彻底的觉悟，虽不远离罪恶，他的人格自会保全。如尚没有彻底的觉悟——譬如你只知烟赌（象征一般罪恶）不好，根本上却并没有痛恶它的决心，更没有再进一步去与烟赌为敌，必使烟赌消灭于人寰的决心，则你就抛开了烟赌，又有何用？真正的君子，不是怕犯罪而避开罪恶的人，乃是当着罪恶中，而不犯罪的人。"人"的意义，更不是消极做个好人所能显得出来的；是要在积极方面，不但做个好人，而且去做个奋斗的好人；不但做个奋斗的好人，而且去做个永远奋斗的好人的。这便是说我们应当从罪恶的重围中突骑挺戈而通过；不应学那愚笨的鸵鸟以不见敌人为安全而去回避现实。况且"人格"两字，是在社会中，和他人相对待而见意义的。譬如你若一个人孤独地居住在首阳山中，朝对飞云，暮听寒蛩，你纵然是个白玉无瑕的孔子，那所谓人格又有什么意义？朋友！你若要历练你的人格，使你的人格高尚——只有在社会的奋斗生活中"为人类而生活"的入世宏愿里去获得！隐居，不但未必就能避掉罪恶，即令避掉了，那种怯懦的成功，也不是我们这二十世纪的青年所当希冀的——赵子龙应当在长坂坡前杀个七进七出呀！至于回家耕田以自食其力的生活，我们并无理由可以反对，而且在相当的交点上，还当加以崇敬。我不是反对你为农夫，我是反对你那"长为农夫以没世矣"的因愤而成的"远罪"的无力之叹息！我们为农，并不就是与世隔绝，并不就是"不知有汉，无论魏晋"。农工生活中，可以为社会为人类尽力的地方正多着哩！方今中国，"民众的沉闷"已达极点，正待些有志青年，"到民间去"唤醒那为组成中国民族之成分占有百分之八十几的农民，以为改革之基础。我相信你已有彻底的觉悟，我极钦佩你为一个自食其力的农夫，我尤知道你是一个很沉着而能干的青年——我这封答复你的信，就算是一篇送你归农的序吧！

最后，我赠我的朋友两句话，便是我希望你做个隐居庐龙山中躬耕以待时，始终以救世为心的田子春；不要做那"或命巾车，或棹孤舟"的陶靖节。

（载《中国青年》第 34 期，署名：楚女）

青年们现在可恍然了吧

  我们向来就告诉青年们，说：在现今这样的一个中国国家里，要想好好地读书，要想读一点像样的书，只是做梦。我们常常向着青年们像念经一般，叫每个青年都去加入革命的战线，立刻用了"正义"和"光荣的死"去与那军阀、官僚、名流、绅士、学者、教育家、帝国主义决斗——那才救得出自己，救得出他人。我想青年们现在可该明白了吧？北洋大学不是国内号为很好的一个科学的学校吗？为了一个冯熙运，是竟叫你们流血、痛哭，终于被虎狼的军警两个夹一个，弄得你们喊天也无路了！厦门大学不是那慷慨爱国的资本家——还有些人羡慕而崇拜他的那个陈嘉庚办的吗？我们以为它是超立于政治潮流之外的，大概总可以给我们一点"真货"了吧？然而怎么样呢？被关在房子里痛打了犹不算，到底还要逼得你们全体流离于上海！吴淞水产学校的朋友们，尽管写了斗大的"情愿流血，不愿出校"贴在校门上，张沙两蠹还是有本领叫了武装军警来赶你们滚蛋！中国公学中学部的五十一个男女那就更可怜了！你们想赶走陈兼善吗？你们也睁开眼看看！社会有几人同情于你们？你们的宣言、你们的行动，就是那素以有闻必录自号不党的《申报》

和那曾经有一时期用《学灯》来结交青年的《时事新报》也不肯替你登载一个字！至于圣三一、圣心、协和，除了落得个"全体退学"和"全体罢课"，还有什么？朋友们！这该知道了吧？该知道他们那些军阀、绅士、官僚、政客、名流、帝国主义是站在你们对面，原来就组成了和你们对敌的一条战线了吧？他们有兵，有枪，有钱，有舆论机关。你们闹吗？可以杀死你们，可以杜绝你们的求学之路，可以经济困你们，可用舆论机关毁败你们，消极的不睬你们，积极的就说你们是胡闹。你们喊天，天高了；你们告状，还要等包老爷出世！你们除了降服，只有死！你们不甘于死吗？那么，你们只有加入国民革命！你们一天不把政权夺到代表你们自己的革命党手上来，你们莫想有你们所梦想的日子过！你们如不去先做这一步先决的工夫，你们就应该服服帖帖地去做军阀的猎犬，做名流绅士们阶庭之间的芝兰玉树，做资本家机械，做帝国主义的顺民！"汉"与"贼"是不两立的，诸葛亮久已告诉我们了，"不完全则宁无"，那更是在我们青年人所应践的哲学！现在贼在当前，我们吃的苦已经够了！不完全则宁无——我们还不赶快在国民革命的联合战线上去狠命地放我们的枪吗？

（载《中国青年》第38期，署名：野马）

要学成了再做事吗

当我在一个学校里,很小孩似的参加着同学中,把他们那三年沉寂的校友会重新鼓起、重新组织成功的时候,一个被选干事——再三辞职不脱——的同学对我说:"我并不是不肯为公众效力,只是自觉才力不足,须得等到有了相当的知识时,然后庶几不致偾事。"这个青年,我知道他是很好的;他的同学举他,似乎是经过了意识的衡量的。然而他却存了这个"做事须待学足"的谬误观念。我想现在青年中,实在有很多是和这位青年的见解相同的。所以我要把这话说一说。

中国有两句腐败话,说:"待有余而济人,必无济人之时;待有暇而读书,必无读书之日。"我们设若把这两句话的公式,代入我们现在所说的"做事",那便是"等学成而做事,必无做事之时"。要晓得现在摆在我们面前的那些教科书,都只是在我以前的人时时刻刻所做的"事"的记录。我们只要问一问"科学究竟是什么呢",我们便可以明白了!科学是什么——它是已往的人类生活之经验的誊清账。这些本一科一科、一类一类的誊清账,都是从另一本日常生活的不断的错误试验,与不断更正的流水账中,拔萃而成的。埃及人因为要马上实行那应付尼罗河大水的动作，才发生了几何学。无论什么科学，没有一种不是起于我们的生活之实际要求，也没有一种不可以说是从我们的"做"中生长起来。化学是梦想发财的人"做"出来的；医学是无数医生向着病人"做"出来。"你做的时候，便是学习的时候。"你的学习，根本上是为什么而学习的呢？岂不是为了"做"而学习的吗？一边学习，一边做；一边做，一边学习——你的那学习的意义，才算完全；你所学习的，才是实在的，才是有用的，才是足以应付你的未来生活的。把预备与实行看成两个决然划分的时期，说必须上一时期满了，然后下一时期才能开始的——那是天下再没有比得上的愚人。一个人如果他没有一时可以离开社会生活，那便是他一生没有一时可以不学习。人永远是要学习的，死的时候，才是毕业的时候。待到学好了再去做，那么，所有的世界，只好托之于"鬼"了！故在教育学上说，人生只是一个学习的过程；我们的人生观，应当把自己看成是一个永无止息的宇宙的学生。预备与实行，分开来看，是不通的。

固然，我们的做的能力，在一定的时间里的一定的事件上，是有个限度的。譬如我现在要叫一个方在中学的青年去做总统，那是做不到的。然而做总统的预备，却应当在现在就开始去实行——那是无可疑的。一个学生虽然现在不能做总统，然而他个学生却并不是不能做现在学校校友会中的干事——因而去学习那公的政治生活，以为将来能做总统之预备。

方今中国学校，也就不可谓不多了！受教育的——以满足一定的学习时期为学问的人们，也不少了！然而有几个真正能干得一件事下地，应付得一个问题到底？读书自读书，英算国文一天闹到晚，一点也不与生活相关联！人人心中都想着："我现在是读书的时候，将来才是做事的时候。"哪知"将来"的那天到了，却只落得个乡下人吃汤圆,不知从哪里下嘴。最可杀的是一般猪狗教职员,也一口一声地说:"你们现在是学生,宜静心用功。"他就不晓得他的母亲抚育他这个头胎子长大时,伊并没有在事前去"静心用功",而他之长大只是由于伊一面替他洗尿屎地实行"做",一面又从而实行"学"。

(载《中国青年》第29期,署名:楚女)

革命的宣传与革命的行动

有许多不明白"革命"原理的人，每每依着他们主观的常识，把"宣传"和"行动"分作两个各别的段落。他们以为所谓"宣传"者，作文章登报、发传单、大声讲演而已——凡此皆非行动，而行动之预备工作也！这是一个传统的由于"学优而仕"的原则推绎而来的见解。他们以为凡当要求发现一个实际革命行动时，则必须在行动之先，去尽量地做那牧师说教的工作，把人们都说得赞成我的主张了，了解了革命的必要的意义了，然而才去一致汹涌而起，则其事立成。他们这种似是而非的见解，自然是合于一般的世俗妇孺之见者的想法的；所以他们的这种说法，便自然也就成了一种普通承认的原理，仿佛确是一个哲学的真理一样。于是一般从传统的腐臭发酵中培植出来的士大夫们，便来代表了这种谬误的见解而淆乱革命过程中应有的正当工作。如所谓"醒狮派"，便是如此。他们竟愚蠢地标榜着说他们要先做两年宣传工作；两年期满——即待到一般人都明白了他们的国家主义有主张之必要时——然后才来实行他们的"外抗强权，内除国贼"。依他们的逻辑，好像是一种法国或美国考毕业得博士的办法——大概就令你已经到了一年零三百六十四日十一小时，也还未能够得上"实行"的程度；必待再挨过一小时，凑足两年之期，然后你这个在一小时前程度尚未及格的，才可以算作忽然而及格了——才能够允许你去"实行"。这个不通的理论，贻害了多少青年，而且更给了一般欺骗青年的教育家们多少自饰的方便。试看现在哪个青年不在那里自己怀疑着自己的实行能力未足，说："我们现在尚在读书求学的时代，能力经验一概未足，怎么便能去做事呢？"又试看那个专以"办学"为营业，生怕学生参加社会活动影响了他们的饭碗的博士、硕士们，不也在那里用了这样的话，作为一种理由，钳制学生，好养成他们那所要养成的易于管理的"驯奴"呢？

　　自然，谁能不承认在一事未行之先，须先使人了解此事的真意！谁又能不承认每做一件事时，必须要先有能做这件事的相当的能力和经验！谁又能否认"教育"上的"学习"和"训练"之原理！然而我们应用这些原理时，我们也应当分别一下我们的教育对象是什么！假使我们要养成一个数理哲学家或是历史学教授，那便自然须使受教育者在一个概念、一个公式、一件古来的事实，尚未完全记忆、熟悉之前，要定一个期限尽量地使他们埋首腐心于书本、算草、故纸之中——到了他们能够记忆、背诵时，然后算作毕业。因为对于这些已往的"成事"、不变的理式，是可以这样的。到了学生物学、理化学，便已不能如此——书本讲解之外，便要侧重于园圃山林、解剖室、实验室或工厂中的实地试验了！何况我们是要造就一个二十世纪的公民，造就一个在两层压迫下的中国的国民革命者——何况我们是要把一个应付时势的国民革命之要求灌输到普通的民众生活中去！所以，在这种的教育对象——即这种的受我的宣传的客体——上，便应当知道宣传和实行——即教育与实务生活之经验，是不能分开，而当融成一气的。杜威说："教育即是经验，经验即是生活，生活即是应付环境。"这句话，可用一件事把它的意义衬托出来——便如"小孩子学走路"；如果我们要想小孩获得走路的技能，便应当让小孩在不会走路时，从他的要求走路的生活中去自己"走"出他的走路技能来。此即所谓"错误学习"之教育原理——一切有关于应付生活环境的"经验"，概系从此得来□□社会运动（革命）；乃关系于人类实际生活之最大者；乃系改变人类生活上一切环境的工作。不但在理论上不能许我们去把"学"和"做"（宣传与行动）分作两截；即在事实上，也绝不可能。在"学习"中去"做"，在"做"中去"学习"，——宣传与行动实系相因而生之循环的因果。有了"五四""二七"的行动，才有"五四""二七"以后的国民革命和反帝运动之宣传；有了这些宣传，才有"五卅"及省港罢工的行动。"五四""二七"，在当时为一行动；对"五卅"说，那便成了一个为"五卅"而预备的宣传了！现在"五卅"及省港罢工，为一行动，但对于未来的革命事业说，则又为一种之宣传。故俄国革命，在目前的世界上，也可以看作一种行动，也可以看作一种宣传。徐锡麟刺恩铭，是一个以行动而做的宣传；黄花岗暴动，是一个带宣传性质的行动。辛亥革命的兴奋，固由黄花岗的行动而来；即"二七"以后的文字宣传，也给了"五卅"不少的经验和指导。

　　本着以上的理论，我们可以晓得，革命的宣传和革命的理论，只是一张纸的两面；在物理学上看，固是两个不同的"面"；在几何学上说，却是一个相同的"积"。宣传既不仅限于文字演说；行动也不单是炸弹、手枪、杀人、放火——教育不仅在教室内，知识不仅在书本上，实务生活亦是教育，日常动作即为经验。各科的教科书和讲义，不过是分类记录人类在一切实务生活——即行动中——所得到的经验的"誊清账"。我们固当学习前人留下来的已往的现成（死）经验（各种自然科学和社会科学）；我们尤应当学习我们自己这个时代、自己这个社会上的"活经验"。我们与其向一般人民"说教"，劝他们相信革命；我们毋宁引导他们去做革命的事，叫他们从革命中了解"革命"（实则，我们若不在行动中去引导民众，专只用文字口说宣传，希望民众了解革命，那只是一个梦想）。"革命"者，一种创造人类历史之行动的哲学也！无所谓宣传与行动之分。教育者，人类在其生活上一种扩大经验应付环境之手段也！

无所谓毕业。"人生"的过程，就是学习的过程。人之一生，从出母胎到进棺材，永远只是在学习，在做"自然"的学生！俗所谓"做到老，学到老"也！博士硕士教员们，说青年们能力未足不能干事；"醒狮派"说两年期满后行动；都是欺人以遂其私的话。他们说青年们未毕业，不能做事；为什么他们那些"已"毕业而且"毕"得"博"而且"硕"的人，也不去参加社会运动"做"事呢？中国现在已经这样地迫不及待了！他们"有"能力的既不去做，自然只有靠我们这些"无"（？）能力的去在走路中学走路了！

有人怀疑"反奉运动""国民会议"，以为这些都是不能成功的，因而遂不愿去参加的吗？请在上说的原理上，把眼光放通达些！即令这些不能成功，我们也要去做，因为即令结果失败，它已确是一个"行动的宣传"，它已确是一个"宣传的行动"。

我觉得广州青年比之北方和中部，受"能力不足"说的暗示，似乎更厉害些；所以在这篇之中，才顺手夹写了些关于教育与学习的话。

（载广州《民国日报》，署名：楚女）

我们须注意于品性与行为之一致

现在有多数青年，犯着两个毛病：一不拘小节；二只说不做。

这两个病，都是唯心太甚所致。前一种人，以为一个人只要自己的良心不坏，便在日常生活上，稍微越过一点范围也不要紧。譬如他们对于吃烟、喝酒以及偶尔为了一件事暂时说谎等，都觉得这与自己的人格，并不发生什么很大的关系。但是他们不晓得，一个较大的恶习，是从一个较小的"偶尔为之"累积而成的。有许多小事，固然在起始的时候，看着是仅仅的"非道德"而已；然而习久了，他却自然就成为"不道德"，成为罪恶了！本来像烟酒只不过是非道德罢了，对于人格并不发生问题；一个吃烟的人，并不能就说他是个无人格的人。不过久了，那烟酒在心身两方面所起的向下堕落之趋势，却不免有时要成为犯罪耳。故这等人，在他那个细微的"不拘小节"的生活上，无形的习惯威权，一定会使他炼成功他自己的一副有体系的哲学——便是"只问目的，不择手段"，而最后的结果，则将更进一步，不自觉地会把手段变成了目的，完全堕落于无边黑暗之罪海！

后一种人，以为"善"只是口头的，宇宙本来就是矛盾的。他们只坐着说说，行为上却并不去践行。他们徒有"好意"，却并不问一问自己的行为究竟好不好？他以为觉得有了"好意"，便是"善"了，一个有道德的"善"人，是只要别人因我有了好意而遂以我为善便够了的。

　　在伦理学上，一个人的价值之评判，固然有时是不能完全取决于行为之效果的。但其不能完全取决于行为者内心之动机，也是一样。而且在一定的社会的意义上说，则我们与其失之于动机，还是毋宁失之于行为的好。青年们！你们勿以为一个人只要有"好的心"，便可以算是好的人。你们应知道，一个好的心是要有一个相当的好的行为来证明的。人生行为，件件都是一个数学的答案。你的居心如果不能有一定的行为放在等号那边，那么，你的那整个的品性便是个不可解的方程式了。故一定的行为，是刚刚用以证明你自己的一定的品性的。好的行为，固然足以证明好的品性，即坏的行为也正是证明那坏的品性的。你尽管说你的居心是正大的，但你的行为只有坏的表现时，那么，你是不能责备人家把你看为坏人的。反之，坏人有时做了好行为，虽然我们就以为他是好人，不免被他欺了；然而在社会上，他的行为所生的效果，却是有利而并不像你这个虽是好人却只使社会不利的。你和他比，你尽管"本"是好人，而结果社会上是宁愿钦敬他的。至于那只说不做的口惠而实不至者，更要知道现在的时代，是一个实利见功的时代。你若不能对于一定的某事物是个好人，别人是不会因你多说了好话，便以为你是真的好人的。你必定要做出好事来，那才真能算是好人。这便是说，你与其满口道德地说，倒不如去实行做一件道德的事给人看看。

　　以上还只是就伦理和道德的原理上说，至于在两种生活中所必至的堕落之可怕，我只希望大家能够闭目去想象一下。别的不说，只说它可以引导我们陷入那"自欺"和"欺人"的虚伪之一端，我们的人格便已被它宣告死刑了！朋友们！一个人的品性与行为，应该是一致的。我们敬重某人，不就是因为他所表现于我们目前的行为而敬重的吗？我们鄙弃某种行为，不也正是鄙视那个人的品性——人格吗？

（载《申报·教育与人生周刊》第29期，署名：楚女）

世上并没有完人

我在前一篇文章里，说我们的品性与行为应该一致，那是对于我们自己本身"应该如何为人"这个问题说的。现在我又来说这世界上本来就没有完人——这乃是对于我们"如何对待别人"的这个问题说的。

因为我们——这许多青年，每逢到责备人的时候，是一点原谅也没有的。反之，我们信从人的时候，也是多出于盲从，而少有是出于审断的结果。

这种毛病，我们犯得很多了！譬如从前只觉得章太炎有名，便五体投地地信仰他、崇拜他；只要是他所发出来的一言一行，我们都只觉得是好的。现在，因为章太炎有了一件事或者一句话，不合于我们的意了，我们便陡然觉得他实在不好——并且是不可宽贷的不好，就像从来就是不好的一样。大家或者要以为我太画样子画过了分吧？那么，请大家想一想，试问大家近年来对于梁任公和胡适之两先生的国学之狂热，不是很合得有如此盲从之分子吗？这两位先生，以他们自己为本位的"最低限度"的要求，究竟是不是我们的精神、材力、时间、经济所能办得到？而且是不是一个时代的必要工作？是不是一个生活上所必不可少的需要？我们是毫未置念的。然而国学国学之声，我们却有不少的朋友跟着噪破了嗓子。

自然国学这东西应该不应该研究，梁、胡两先生的学说主张到底有无价值是一个问题。但我们若是并未经过上面的仔细思索而即从之，那便不能不承认是一个盲目的动作。

这毛病的本根，是出于我们在直觉上，以为天下人都是"完人"——一个好人，便什么时候什么事都是好的；反之，一个坏人自然一切也都一样。

本来天下人应该每个都是完人的——好的整个好，坏的整个坏。我们对于自己，所以要求"品性与行为之一致"的修养的，亦正是为了要做一个完人——不过在伦理上是偏于希望成为一个纯好的完人，而不是要去成为一个坏的完人罢了！只因在目前这个由于人为的种种不良制度所造的虚伪的矛盾的社会中，"人"的化学的成分，尚不能不复杂而遂归于纯一。所以我们要晓得在现社会、在人类进化的现阶段中，要找出一个完全的好人或坏人，是很少的。大多数的普通人，是既没有一个完全的善人，也没有一个完全的恶人。我们对于自己固当是取"律己以严"主义，努力地责备自己，督率自己去做一个完全的好人。但对于一般人，则不可不取"待人以宽"主义，而只以他的行为，评判他的价值。他有多少善行，我们便承认他有多少善处；反之，他有多少恶行，我们也一样地承认他有多少恶处。我们只当以我们所见及的善处与恶处来恭维他、鄙弃他，使他得因社会的舆论判断之适当——是非轻重都刚好足以服他的心——的那些奖掖与惩劝而渐渐即于正轨，成为一个完人——成为一个完全的好人。绝端的笼统的崇拜，与绝端的笼统的唾骂，都不是所以使人向着生长方面去伸展的。古语说，"道人之长，只到九分，须留一分做他的进境；道人之恶，只可七分，须留三分让他改过"，也是这个意思。我们若能像这样用了这种"行为主义的伦理观念"去处世接物，我们便可以得到许多可交的朋友，得到许多可与的同志。然后才可以相与而做出些当做的事业，也才可以替社会从舆论中造出些好人。不然，我们天天在学校中，对于同学便多只见有坏的，自把自己反弄成很孤立了。至于对于学校以外，那便更不用说了。反转来，那盲目的信从，就更是不但埋没了自己的主我，并且还不知要影响社会至若何程度！我的浅见，窃以为现今社会上之所以没有舆论，舆论之所以没有效力，而一切是非善恶又仿佛无轻重是否之别者，都是由于我们这些青年，这些知识阶级，这些清议的威权之掌握者，没有用那严肃的行为主义去做尺度的缘故。

（载《教育与人生周刊》第32期，署名：楚女）

艺术与生活

"艺术",到底是不是专为人生而有的?这已是二千多年来哲学、美学、心理学上的一个很古老的问题了!在我们相信唯物主义的人,自然是以为所谓艺术,就是"人生的表现和批评";但相信二元论的两重生活的人们,却也自可主张他们的艺术至上主义,说艺术就是艺术,它的本身自有价值。我们很原谅二元论者所以要如此主张的动机。他们无非是在他们的那种二元论的系统的生活中,觉得他的"物质的我"所过的"现代生活",不能使他的"精神的我"满足;所以他就要在他的自我催眠的幻觉世界里,开辟出一个"武陵人捕鱼"的子虚乌有之乡,以自安慰。这,在个人的同情心上,我们只有可怜他们,更不忍加以责备。譬如现在有一个丑女人,伊的内心实富于甜蜜爱情,只因太丑了没人爱伊,于是就只好在伊的心中假想着说有一个人爱伊,而且他的爱情比世界任何爱还要更加浓厚——像高尔基在他的《她的情人》中所写的,甚至于一个人在那里忽然而哭、忽然而笑。我们对于这个"伊"还忍去破坏伊的梦游佳景,一定要向伊说"你是在做梦",而不让伊去享受伊所要享受的生活吗?所以我们对于这种人的个人的生活,除了同情之外,是不能再说什么的。然而这种人却每每不单只把他自己埋在幻觉里，他每每要把他幻觉中的蜃楼海市，当作真实，向别人宣传——传教般地把别人也拉了进去。这，不啻是要叫人们都陷于催眠状态，而使外界的一切罪恶愈益滋长。故在社会的伦理上，这派主张为艺术而艺术的朋友，那就不但是"愚不可及"、愚得可怜，而且是成了一个拥护罪恶的罪人了！他们不知道现实的"不良"，不是他们那艺术至上主义——徒然对于现实取一个超然高视的态度、取一个眼不见心不烦的主义就能使它"良的"。你尽管眼不看罪恶，罪恶却还是永远无恙地确实存在。他们又不知道天下人不尽都能和他们一样——都能像他们把自己分成两半个，一个物质的我尽管吃饭、穿衣、睡觉，天天与现实为缘，在现实之中，沉陷于他们所不满意的所谓物质生活里；而另一个精神的我则游心于八表之外，鸿飞冥冥，固执而且诚恳地自欺着，把假的当作真的。他们自己固然是在幻觉中快活了，别人就只好永远坐在地狱里。这，不更见其是自私，是唯我，是自私唯我的个人主义了吗？所以我们在这样的道德上，对于那所谓"为艺术而艺术"的朋友，已经是不能不极力地为了社会而反对他们了！

哪晓得他们这般朋友，还有更进一步的论调，益发违背真理。这便是他们因为主张艺术至上，所以要求艺术的创造自由；因为要求艺术的创造自由，乃倡为世间一切皆为艺术所创造之说；竟把生活和艺术的事实的因果，颠倒转来。他们说："艺术是情感的，艺术应该反对理知。"这话自是不错！他们又说："艺术的创造，应该是自由的，不应该被现实生活所束缚。"这话就要看在什么样的要求上说了！当我们的情感要求一种表现时，我们是应当要"为要表现的那个要求而表现"；确是不可因别的在那个"要求"之外的原因而表现。譬如我们当要做一篇小说来表现某种的人生断片时，我们的表现——即我们的艺术制作——是应当为了要表现这段人生的那个被现实所刺激而起的内心冲动而表现；却不可因为是要供他人娱乐，或社会的嗜好，或因得金钱而表现。但主张摆脱一切束缚、解放艺术创造的朋友们的意思，却不止此。他们是在要求艺术界的安那其。他们说艺术创造一切，一切古今制度，都是艺术创造的；只有艺术能范围一切，一切却不能范围它——所以艺术家的生活，才是心灵自由的真实的生活。这是比前段所论的那些主张为"艺术而艺术"的朋友更进一层迷惑人了！这一来，简直不啻是说："凡是艺术家都应该是个无政府主义者；只有像无政府主义者所讲的那种摆脱一切的艺术，才是真的艺术，才是真的人生、真的生活。"这话是真的吗？艺术创造一切！那么，在未有人类一切制度之先的艺术是些怎么样的艺术，这些艺术又怎么样包含了以后的那些制度乃至一切——历史上的科学的逻辑何在，事实又何在呢？为什么在渔猎时代、游牧时代，表现不出现代的伟大建筑呢？为什么没有和西洋交通以前的中国，竟没有人知道创造欧洲型的艺术品呢？物质和时代，明明地范围着人，却偏要说什么艺术能够范围一切！艺术是什么？你们不是说它是人的情感的表现吗？人的情感，能够脱离现实生活而游离着吗？大马路上一个女人向你瞟了一眼，你的情感将会怎么？设若你得了胃病，消化不良时，你的情感又怎么样？没有见过火车的乡下人，绝不梦见火车；聪明的康德先生他没有住过我们的上海，当然也不会有像我们现在在上海生活中的这一切情感。老实说吧！朋友们要求相对的艺术创造自由，是对的；若像这样绝对地否认现实，故意颠倒事实的因果关系，那便不对了！艺术，不过是和那些政治、法律、宗教、道德、风俗……一样，同是一种人类社会的文化，同是建筑在社会经济组织上的表层建筑物，同是随着人类的生活方式之变迁而变迁的东西。只可说生活创造艺术，艺术是生活的反映——艺术虽不能范围一切，却能表现一切。只可说艺术的生活，应该要求表现一切的自由，却不可说艺术是创造一切的。

（载《中国青年》第 38 期，署名：楚女）

《中国青年》与文学（通讯）

记者先生：

五四运动后，中国出版界最足唤醒青年的沉梦，告诉青年以革命的理由、步骤的——以余所知，当推《中国青年》第一。读了《中国青年》而犹不动乎中——而犹漠然于国事者，除非他是个生来的蠢夫！

不过，我还觉得有一个可以商榷之处。就是《中国青年》里，太少了文学的作品；读者难免有嫌觉得枯燥。我以为小说诗歌，在改造运动中，也是很重要的。刍见如此，未识当否？

悚祥

悚祥先生：

本刊并非完全不注重文艺作品，以前各期中，也尝间或载过些小说和短诗！不过在本刊一般的文字上，比较的要算登得很少罢了！所以少的理由，有几层：

一　因为本刊要求出版和发行上之轻便，及适合于一般青年的购买力的缘故，不能不限制篇幅。篇幅有限，对于文艺作品，便不能多载——譬如一首新诗，即可占去一两个"P"。我们总觉得每期有很不少向青年说的话，所以不愿把这仅有的可贵的篇幅，被文艺占去。

二 文艺的欣赏，在一般读者界，到底是一个较"专门的"。没有相当的艺术涵养和艺术嗜好的朋友，其不喜欢文艺作品实和感着需要文艺作品的感情一样。本刊的使命，原是要对于一般青年为普遍的革命宣传，故不觉得遂对于文艺上发表得较少。

三 本刊同人见解，以为纯粹的供人欣赏的文艺，在本刊的中心的主义上，实不宜提倡。现在我们所需要的，是怎么样去改造中国的实际"动作"。纵然要登些文艺作品，也必须要是以革命为中心的所谓"革命的文学"；若从然叙述些K君和S女士的缠绵，或是写些呜呜的北风吹着，"天上一闪一闪的小星，好像情人的眼睛"，我们当——在我们未免觉得有些是"无聊"了——所以没有发现好的和为我们所合用的作品时，便宁缺而毋滥。

现在，承你的友谊的忠告，我们自当尤其着力地把我们从来即这样注意着的"革命文学"的问题，更加注意——以后当努力地觅些革命的文艺发表。

（载《中国青年》第36期，署名：楚女）

脱离家庭及拒婚问题（通讯）

楚女：我觉得一个纯洁的青年所以终至于堕落，完全是由于家庭的累赘所致。有了家庭，就发生饭碗问题；一为饭碗做事，就自然堕落了！因为个人生活好混，一家生活难混——而家庭的需索又是无厌的。所以我对于维持自己的人格，就决定是"脱离家庭"。但要想脱离家庭，那就须先从拒绝婚姻做起；所以我又主张"独身"。这个念头，是前一年才起的，今年更加坚决了！不过我自信我若履行这脱离家庭与婚姻的主义，自己的魄力恐怕还不够，还得许多朋友从旁督责我才好。另一方面，我又预备去找些关于涵养心性的书读读，使心地旷达、眼光放大一些——这种书，我想只有在中国古书中去寻找，你以为何如？我现在读书，偏重文科，除学习英文外，其余的时间，就读你所指给我的那些关于研究现实社会的书和文学的书。再，便是读我自己认为修养所必要的古书，预备把子书都涉猎一下。

日章：青年人容易堕落，并不单只由于家庭的累赘。如虚荣心、生活上之贪恋、友朋的引诱……都足以使人堕落。不过家庭的累赘，要算是一个很大原因罢了！自然，在现在这种生活压迫最高的时代，我们要想保全我们的纯洁而不致为了饭碗去堕落，总以少负家庭系累为好。何况我们是已立志要为社会做一番事业的，那是更有一个相当的脱离之必要了！然而这也须得看势：第一，须你自己确有独立供给你自己经济的能力（在学生时代，学费即是一大问题）；第二，也须得你的家庭在事实上确可以让你脱离——倘若事实上万不容你脱离（譬如父母俱老而又毫无手足且甚贫苦），则殊不可；因为我们为社会而脱离家庭，原是出于一种舍己救人的博爱观念。自然，能够脱去是最好；但也要知不脱离，也还是可以为社会做事的，不过所做的或许不及完全无家累的那样自由罢了！结婚一层，那更是个人的私事，须得自己去决定，旁人是不便代你说话的。不过我们当这匈奴未灭之时，既已以身许与社会，那么，像你这还未被婚"结"住的人，纵然不必即决定终身独居，而延迟结婚也是应该的。何况你的家庭经济，并养不活一个人呢。所以你这主张，在这一点上，我是相当地赞成。脱离家庭及拒绝婚姻，何必定要旁人督责；这些事又岂是旁人所能督责的？我想你若时时想着"社会"，时时多想"社会"的事而少想到你自己的事，那便是一个很好的督责，那便什么伟大的事业都可做出——何患缺乏魄力？裂裳裹足，以急宋难；摩顶放踵，以利天下；无非是由于他时时刻刻只记得他人，不记得自己而已！以读书而旷达胸襟，放开眼界，那不是中国古书——什么子书所能获得到的。在你或以为南华中如秋水齐物是可以解放你的思想的吧？其实，那是别一个牢狱，在这个牢狱里，不过不上脚镣手铐罢了！消极地放浪于形骸之外的所谓"高明"，会把你埋进无边海滩的软沙里去——开阔了，旷达了，然而你这个人却从此无用了！你若真要开放你的胸襟与眼界，与其在那些散乱浪漫的中国子书中去埋头，则不若去读进化论与唯物史观的社会学。从科学的领域里，才可知道宇宙之伟大而得到自己所居的地位。然后才能有一个有条理而且是科学的、进取的人生观；才不致陷于那乌托邦的迷途。你可把研究社会学与这一要求合在一起，同时去做。凡关于生物进化（如物种原始，一元哲学之类）及马克思学说，都看一下，那便胜于读五车子书。至于文学一门，我向来自己不很抬举它。我以为把它作为私人生活上一种欣赏的享受，和课余去公园以遣倦一样看待则可；若当一件事业做则不可。在我们现在这个时代，我们需要墨翟，不需要陶潜、李白。

（载《中国青年》第 33 期，署名：楚女）

身心的锻炼与反锻炼

我现在并不是要来谈什么生理学的,或是心理学的专门的科学的理论。我是要把我自己个人生活上,关于身心两方面的一些实际的经验,说给朋友们听听。

拉马尔克(Lamarek)的后天获得性道传说,现在虽然是正在和外司曼(Weismann)的胚种原形质说相持着。但生物在某种环境中,对于一定的外界刺激,或是对于一定的外界所需要于彼的适应而起的反应动作,若经过了多次同样的反复时,则这个有意识的反应运动,到底必变成一种类似于本能的无意识的机械的反射形式——便是我们平素所谓"习惯的";这一层,总是一个不可否认的科学的真理。这"习惯",在我们的身体上和心理的进程中,依其本身(即习惯)的性质之为消极的或是积极的,的的确确能如拉马尔克所说,使我们一切内部外部的器官和其感觉及机能,因之发达或萎缩。而这些发达或萎缩的过程和其结果,我们即照外司曼的主张,暂置遗传方面于不问;然彼之能影响于未来之我之本身的生活之全体,则更是一个可以想象而预言的真实事实。我们青年人,因为知识程度,尚未能及这些无形的自然的科学道理;对于"现在的一举一动"之足以支配自己将来的一生生活的问题，自然是从来并未留意的了！所以好多青年朋友，每每不知不觉一任自己的身心，随着外界的压迫、要求、驱遣，而听天地养成种种消极的、积极的，好的、坏的习惯。幸而落到一种积极的、好的习惯中，自然不消说得，我们是可以成了一个身体强壮、智慧充足、有一定的信仰和一定的规律的生活的人了！次之，若落于一种消极的、好的习惯中，也还不失其为一个普通的寻常好人，或者虽不能怎么样有所贡献于社会，但对于自己的生活，总必不致负着什么垒积的痛苦。不幸是一旦落到一种消极的或积极的坏的习惯中时，那就不但积极的或将成为一个犯罪者，以致多所累负于社会；即消极的亦必致自己一身，养成许多不能抵抗外界的侵袭和引诱的缺陷，身心两面均感着很深的病弱虚怯，永远如负重伤了！

当我年幼的时候，我的父母疼爱我，不免时时予我一种万分爱护、万分珍惜的暗示。出门时，总要叫老妈子跟着。走路多了，便再三埋怨——必使你坐轿或乘车，他们才心安。每天必好几次说："你可不要受了凉呀！"绒被絮、皮垫褥，三两床把你盖得紧紧的。偶然吃一点贱价的食物，他们便吓得咋舌瞪目："这还了得，这东西也吃得吗，你是吃这东西的人吗？"从这种家庭教育之中，把我这一副洛克（Loeke）所谓"好像白纸一样"的头脑，催眠成了一个对于外界任何事物都居于自认怯弱和自觉贵重的状态。一旦父亲死了，家产破败了，虽然已从万丈高峰坠下了深壑，然而对于自己却还依然爱护珍惜之至。而且，在那"身体发肤，不敢毁伤"之外，还更一任自己的娇贵的"少爷脾气"，喜欢怎么便怎么。除了"性"的生活及鸦片烟，至于今日我还未曾经验过之外，其他一切世俗恶习，只要是为娇贵之人所享用，而又足以使身心暂得安逸舒适，或得到一种异样的刺激之愉快的，我可说是没一件我没经验过。一叶初黄、清霜甫降之时，便愁着："今年的皮袍恐怕又嫌薄了吧？"横顺总想着自己是一个读书文人，身体是先天的弱的——而且是会一年不如一年的，皮袍穿上了，但还差一双毛袜，那心里必总觉得如失掉了什么。稍刮北风，便缩颈深藏——一若沈万山的女儿，生怕过一个天井，便晒破了嫩皮。如此类推，一切生活起居行为，二十年来，自己竟把自己弄成一个对于外界毫无抵抗能力的弱者。幸喜心理方面，还没有种下恶根至如此之深。对于人间的是非、真伪、善恶、好丑，反而格外比别人分得仔细。人格上还不肯稍自放松，瞒心昧己之事，还是始终不肯做——不忍做，虽要做也做不下去。然而这也自有原因——也是成于一种习惯。因为我自小时，即熟读《离骚》《项羽本纪》《游侠列传》《刺客列传》《水浒传》《正气歌》……一类的文字。不知不觉之间，把一个正在伸展过程中的儿童心理，养成了一种清高、孤僻、浪漫、豪侠、疾恶崇善的习惯。因为心理方面还有这一点并不算什么正大，不过比较的还算正大一点的习气，所以才在"五四"的时候，能够去读那些类于"文艺复兴时代的精神"的一般的赤裸裸的东西。因此，才恍然于二十多年来的物质生活，在生物学上，是违反自然的；在真正的人生享乐的希腊主义方面，又实为一种卑下的罗马肉欲；而尤其令人不能一刻无疚于心者，则是在社会道德方面，发现自己是一个完全只知有我的"自私者"。这样，我自己的灵明的上帝——我的方寸中的智慧，才把我从一种极其苦恼、矛盾的生活中救了出来。当我家中已经没有晚饭米了，我还要对于那无烟冷灶，筹划我一旦得了我职业时，怎么样换花缎或摹本的皮袍面子？当我在我仅有的少数薪金中，计算只有五六元寄给我那可怜的以青年守寡抚我成人的慈母时，我还要抽出二百文来，买两盒盗牌纸烟。无论如何为难，无论如何赚钱少，身心上那些卑下的物质生活之要求，总得满足。唉！这种矛盾生活——在贫贱里的一副富高贵脾气，若不是我的父亲替我栽了那一点傲岸的旧文人的所谓"气节"之根，我能够不一失脚跌到一种"无所不为"的大海里去吗？好了！"五四"以后的赤裸裸的学风、自然主义的文艺，做了我的一面镜子，反映出自己的可憎面目——救了我出来了！返璞归真，重新在我自己的枯骨里，找到了"我"之本然的自身。戒了一切恶习——最后戒了那连一分钟也不能离的"纸烟"。朋友们听我自传到此，或者要为我庆幸吧？不幸！你们应该替我永远悲哀。心的素习是革去了，因为心之偏爱而成的许多物质的嗜好，是革去了——然而……然而拉马克的"生物的器官因用不用而成为发达或萎缩"的定律，却在我的生理组织上，明明白白显出了科学的实验的成效。还我本来面目，去过那真实的人生生活，为什么要穿皮袍呢？为什么要住较好的房屋呢？为什么要这样呢，那样呢？是的！然而，糟了！你不穿皮袍吗？在你的心理上，固然是无所不足！但你的身体却像泡在冷水盆里，硬撑一天，第二天你便病了。你以为大北风不要紧吗？对不起，你一出去，你便伤风、咳嗽、发寒、发热了！你的纸烟是不吃了，然而你的双目却被尼古丁的毒质损伤了——从此你走动一步，便须多出一层麻烦——你须得不要忘记了那配光的托力克。从前——本来"抟扶摇而直上"的野雉，现在已被长时间的人为淘汰，弄得它只能徘徊阶前，而不能奋翼飞三尺远了！医生按了脉，或是听了听筒，没一个不很惊奇地望着我这个外安内扰的无病的病人。"你的身体原极强壮，怎么被你自己弄坏了？现在你内面还是很壮健，外面却虚弱得很！"或是，"你的先天极好，可惜后天弱了！一只轮船的机器的马力极好，只是两舷的钢板太薄。""腠理不密，毛孔不紧，稍受风寒，便尔成疾——稍下热药，便即吐血；因内本强也；不以热剂发表，而皮肤感冒之疾，又不能祛。"苦哉！近两年来，我是几乎长与药罐为友了，这怎么办呢？吃鱼肝油、洗冷水澡，也都试过。

好,不加别病而已;不好,则反加别病(如冷水浴)。除了这样活下去,让上帝来重新改造还有何法?

朋友!这怪谁?只怪我自己把我放在那"反锻炼"的环境中太久了耳!我现在要说一句"不科学"的譬喻:生物之成长、生活,一如物理学上的物质运动,它是有惰性的。你若不时时把它向水平以上积极地激起,它便马上向着水平以下消极地堕了下去。大自然安然行它那残忍的优胜劣败之淘汰,便是在不断地激使"生命"向上进化。人若要自己支配自己,便应该一刻也不放松地去有意识地锻炼自己。斯巴达的宪法,真正是自然的化身,真正的生命进行的轨迹之象征。胼手、胝足、栉风、沐雨,实在是生理的本来要求——宇宙的本来意志。崇善、疾恶、为他、舍我……种种道德的胼胝栉沐,也是一样。你本来是应该天天在这种锻炼中的;你若一时不在这种锻炼中,那么,你便是有一时在和这相对的反锻炼中了!我的身体之不耐自然气候之变化,和上海洋场上野妓之不知人间有羞耻事,都是一样地出于一种"反锻炼"的结果。

现在,我要请大家想想,大家每日的生活,是在一种正体的锻炼中多些,还是在一种非正体的反锻炼中多些?从在床上睡觉的姿势起,一直到上课堂时我们对于功课的心情与态度止——一件件地想想看!"枯鱼过河泣,吾悔无终及;作书与鲂鲔,相戒慎出入!"你们是不晓得这种反锻炼的结果之苦,你们若一旦陷入,你们那时便晓得"枯鱼"是如何地难过了!

况且,我们这些青年,不是常常说"我要改造社会"吗?改造社会,首先需要一个强健的改造者。锻炼身心,使抵于至坚极强,使成为尼采(Nietzsshe)所期望的"超人"那样——是一个先决条件。我记得当我的慈母死时,南京有一个姓杨的朋友来吊唁,他叫我"要为敌人而珍重"。敌人!不就是我们所要改造的社会吗?我现在自然不能借口说我的身体弱了，便卸去我所应负的改造之天责；但我却敢忠告诸君，一个人如果身体不好，那么，他无论做什么事，总是要多少受些掣肘、痛苦、不良的影响的。

　　我所说的我自己的病状，虽然是偏于生理的方面。但我希望朋友们预防心理的坏习，也和预防生理的一样——最好，是较预防生理的更甚些。而且我们尤当知道身心是相关的。纵然你现在似乎觉得你的心理并没有坏习，只有一点纯生理的嗜好——譬如喜欢穿好的衣裳，或喜欢吃酒，这本不能就牵涉到人格问题。但若你习久了，或是身体已经不健康了，那么，生理的要求，还是会有时叫你的心理坏起来的。"饥寒起盗心"一语，便是表示生理之能变更心理。反之，心理之于生理亦然。我自己的心理虽然从幼就受了一种"正经"的暗示——但"正经"却是有时好，有时不好的，譬如关于性欲方面，我从未受过正当的性教育，而徒有一种"我应为一个正经人"的自心命令；于是禁欲和做"表面君子"的结果，遂陷我于残酷的手淫戕贼中——前后几至十五年（我说出这个秘密，希望当世教育家和一般迷恋死骸的国粹先生，快些从血海里多救些男女青年）。而最怕的，是生理的与心理的以同速度同方向而下堕，我若不是心理方面，还存着一点光明，则今天就决不能写这篇文告朋友——罪恶之流且不知载我"伊于胡底"也！

　　　　　　　　　　（载《学生》杂志第 11 卷第 6 期，署名：楚女）

革命中学生应持的态度

　　大家都知道中国现在除了革命没有第二条生路可走。大家都知道中国今后的革命必须建筑在民众的基础上。大家都知道在目前能负这个使命而且负到民众间去的，只有我们青年学生。然则我们这些青年学生对于一般民众究应持一个如何的态度呢？

　　我们要晓得中国的民众，在他们的生活上，他们并不是还没有感觉着革命的必要；而且他们也并不是不能去干革命。他们目下所差的，只是还没有了解革命可以予他们生活上以切实的幸福之保证。我们所应从事的，便是在怎么样使他们得到这个了解——换句话说，便是怎么样使他们信仰他们所望的好生活，只有革命能够给他。要做成这个功夫，那就须把革命弄得处处都在他们的生活上去着想。我们革命，要是为他们而革命。革命的中心，要是民众所真正需要的东西。从前一般革命党，都只以自己为中心，所有的革命运动，都只是在那里发泄他们那知识阶级的不平。他们尽管抽象地引了许多学说，论那什么宪法、民权、共和，实际上一点不与一般民众的生活发生关系，所以他们就从兴中会时代一直闹到最近的国民党改组以前，总不能在民众中间得到真实的地盘；所以他们的革命，革来革去总还是个不成功，而反惹得人民嫌恶。人民所需要的，只是"和平与面包"；真的革命，只是个"胃的问题"。我们今后应该切实地钻入民众间去，研究他们的实际痛苦是些什么；他们所希望的何在；什么东西，才是他们所以感觉着必须革命的。代英说："倘若我们能有一个切实的方法——可以马上把一切物价减低下来的——提供于民众之前，以为革命的保证，则民众之乐于革命，勇于进前，当较我们过之百倍。"并云："民众所望的只是这一类生活上的切实东西，他们所以至今还眼巴巴地希望着'真命天子'那个奇迹，也无非是为了它可以给他们以马上可以兑现的好的生活！"这话，实在是一个"中国的革命哲学"之结论。我们倘若每个人——每个做革命的酵母的青年，都集注精神于这个态度上，切切实实一步一步地做去——一面为学校中的青年运动，以吸合更多的同此见解之同志；一面为农工运动，去使一般民众肯定他们的命运与革命的必然关系；则中国的革命，实在只是个有把握的十年八年便可成功的事。中外古今的历史都曾教训过我们，哪一个时代、哪一个民族、哪一个国家的革命不是这样地起于人民的实际要求，不是这样地成功于人民的生活迫切？我们只抱着这个原则好了！无论在校内校外，我们只少发些抽象的哲理高论；多注重于具体的实际问题便得。自然关于社会改革之学理的方面，我们还是不可便尔丢去——但我们总当一反从前那种不问那为革命之中心的人民如何茫然、如何勿需，而只唱自己的二簧的态度。我们现在应该去顺着民众唱那为他们所能领会的小调了！"多研究问题，少谈些主义"，这句话虽未免有些人觉得不满；然而我们从一种的主义上去切实地研究民众——研究现实，总是应该的。民族、民权、民生，是我们从事于革命的立脚点；平均地权、节制资本、整理耕地、改良农村组织，那更是针对人民需要的实际问题。认定了这样的一些社会问题，去切实地以民众为中心，对于民众表示着"我是为他们而革命"，而且还叫他们知道他们自己亦只是为自己而革命——"我不是一个革命的知识者，我只是一个革命的你们民众的仆人"。这便是我们革命中青年在今日所应持的唯一态度！

（载《中国青年》第35期，署名：匪石）

教育与革命

"怎么样救治现在的中国呢？"

对于这个方法上的争论：一派朋友主张"革命"；另一派朋友则相信"教育"。

"究竟是革命对呢，还是教育对？"

我们的断案，觉得教育说"不对"！

是的！无论是个什么程度的无政府论者，你总不能不承认教育是一架创造文明、把人类历史向着无穷之未来伸展开去的发电机。人类之所以能够生活，就完全是依赖教育能够整理那一切时间、一切空间的已往经验，以应付现在与未来。它简直是人类自身用以对付自身的一种"人为淘汰法"。它能在一个较长的时间中，使我们的种族趋向于"善"。它能无形地修改我们的本能，和园丁之修改花草们的习性一样。人世间若没有了它，那么，人类的系统，应该早已灭绝或是要将就灭绝了。

然而这，却没有理由说今日的中国，不用教育遂不能救治。反之，我们且将证明所谓教育绝不能救治中国——且并不只是"今日的"中国。何以呢？最浅显的一个道理，便是教育者能对于一个正在成长的儿童心理之历程有效；而对于一个成人的固定的生活，则不能有所变迁。老练的花儿匠们，便会证明此理；动物家也会告诉我们，对于一个已出母胎的动物选种作用是没有效的。中国现在的多乱，其酵母并不是那尚未成人的儿童，这是谁也应当承认的。教育的功效，极其量足以使今后的一般儿童，不复鱼贯而入于罪恶而已！它绝不会有一丝一毫力量，把一个已经深陷于罪恶之海的成人拉了出来。即令它有时能够在罪恶海中，使一个稍有知识的国民——如一个政客、一个有学问的流氓等觉醒过来；但它却绝对不能对于一个连字也不识的那些普通的犯罪者做些什么。随便你是杜威也好，孟禄也好，哪一个敢保证老洋人或孙美瑶能够因为你的教育而中止他们的作恶？又有哪一个敢说他有什么妙法，能够使老洋人及其党徒，来听你的教育？你若不能把全中国遍处都设上你的讲座，把全中国人都放在一种万事皆足的生活里，你便无法使你的教育，及于他们，你更无法使你的教育对于他们有效。故在今日这种社会中谈教育，对于那我所欲教的扰乱社会的分子能不能来受教，便是一个问题；即令能来，而他肯不肯来，又是一个问题；肯来了，他能不能听懂，还是一个问题；听懂了，他肯不肯或能不能照你所教育的而改良他的身心，那就更是一个问题。肯不肯来，能不能来，以及肯不肯听，能不能懂，暂且都不论。只说他们就能来听而且很懂了，倘若你对于他们的生活没有相当的安慰，他们必定还是谁也不会比未受教育以前变好一点。

不但是这样，中国现在的多乱，是由两种人酿成的：一种是那些连字也不识的普通的犯罪者；一种便是那些少数的领袖。这些领袖，却并不全是没有受过教育的；有时他们或者竟然有很好的学问。这一种领袖和那一种普通人连在一起，已在他们那种生活之中时，教育对于他们不能接近，或者虽接近而不能生效；固然已如上述，两种人都是一样。但在他们听得懂听不懂，与肯不肯照其所受之教而行的一点上，倘若教育只顾教，而不使他们的生活得到相当的安慰时，则那些领袖们受教的结果，就不但如那些普通犯罪者一样，徒只"不照着做"而已；他们且将更进一步，且将用了所增加的知识而益其所为之恶之量与质。现在一般土匪中，虽然还没有这种显例；虽然我们还没有对于土匪施过教育，而实验过匪中之领袖是否如此。然而无形中，许多政客、许多军人，似乎总不少有既已从事于犯罪的生活，又反而受些教育，然后又反而入于犯罪生活的吧？即令实际上到现在还没有这种事，然而这种事，在唯物的趋势上，总要算是一个科学的可能的忧虑。

　　这还是对于现在的这种状况，说有意的教育，并不足以救治的话。至于消极方面，实在无形中无意识的，教育还不知助长了现在中国多少的罪恶。已当匪、已为犯罪者而又来受了教育去增加为恶之程度的人，我们固然指不出好多。但未为匪、未为犯罪者，而直接地由一种中等或高等专门教育而转入罪恶生活中的人，那却不胜数了。我们试闭目一想，我们全国现在每年毕业的那些中学生、师范生、专门生、大学生以至由外洋回来的博士、硕士，除了升学以及几个有数的寥寥服务者以外，都到哪里去了？我们又睁开眼睛一看，哪一个军队、哪一个匪巢、哪一宗非法职业、哪一地的私娼或至公娼中，可以说是绝对没有我们的男学生、女学生？就是无论在哪一处一事中没有男女学生存在着？以我所知：则四川军队中，所谓秘书、军需、军法等差缺，几乎全是外洋留学生和国内的大学卒业生。他们运用了他们仅有的或是丰富的、真的或是假的知识，一天天帮着刘存厚，帮着熊克武，帮着这个那个把四川闹得个永无宁日。他们并不是怎么样有意作恶，他们只是为了生活；他们并不是要如此用非所学，他们只是因为社会上并不用他，他们只是迫于不得不作恶，他们只是被一个唯物的虚荣与奢侈之社会的催眠所驱使。等而下之，为匪、为盗、为娼的，我们若有机会有工夫去调查一下，统计表必定会使我们惊讶不止。他们这些人不但加入为恶，他们且从而生怕其所作之恶一旦停止。他们简直习而安之，以多乱为社会应有之常态、正体，以作恶为营业了！这一般人，在"果"上说，便是上述的那种领袖，循环论又复转来，我们是无方法救之于已然的，即是上面说的，教育对于他们不但无效，而且有时反从而益其作恶之技。在"因"上说，则我们现在全国的教育乃至哈佛、剑桥替我们办的教育，却正在不停地制造这种人出来。故依我们看去，教育对于现在的中国，是不但于无挽回国乱于已然之效，且也没有十分可靠的防之于将然之力，而实际上反不免从而助长其当然之趋向，而益其正在燃烧之高焰。所以我们觉得教育之不能救治中国，且不但是"今日"；倘若在人民生活方面没有相当的顾虑，那是永远也无一些功用的。

以上，第一层说教育无法使现在已经习于为恶的成年人受教；第二层说纵令能使他们受教而结果却仍难免愈益增其为恶之技；第三层说即对于现在尚未习于为恶的人民实在已在由教育供给其为恶之知识。这还是就教育之为教育的功用方面说的。至于现今中国所谓教育这个东西的本身，究竟要得要不得，那还是一个很大的问题。我们说以教育救国，以教育启发未来的光明世界与人类之幸福，则所谓教育，至少必具有一种真正的"人的意义之完满的发展"的意义。至少它应该是一个普通的人类身心之平等自由的解放。那么，现在的教育，是否有些意义、精神、能力呢？

常乃德先生在《民铎》四卷五号，发表的造校毁校论，说得好。他说现今中国并没有所谓教育。现今中国所有的教育，都只是些伪的冒牌货——它本身就须经过一次很大的革命。他说：

"现在的学校，在社会上仍然还在装饰品的地位，不为国家主义的虎伥，即为资本家的走狗。老实说起来，教育事业，自始即是治者阶级的点缀品。大约除了游牧时代的教育，确为生活所必需而设的外，一到国家制度形成以后教育便与生活的意义相去日远。贵族之提倡教育是用以装饰他们的门面；国家主义的提倡教育，是借以牢笼人心齐一天下的风俗；资产阶级的提倡教育，是预备替他们做机器做宣传广告。从有历史到今，教育不曾有独立发生价值之一日。"

这便是中国现有的教育——从北大、东大以及教会所办的一般大学起，一直到小学，哪些不是如此？无论主张以教育救国者，在办教育、办学校上，已有如常先生造校毁校论中所说的种种困难；即令能够全国普及，能够使人人都受到了教育，其效果又将如何？就能够说国已救了，未来的光明世界和人类幸福已得到了吗？

自然，主张以教育救国的朋友们，必定说，我们的教育乃是另一种的好的教育，并不是现今在中国通行的这种教育。那么，我们就再进一步，考虑考虑那所谓另一种的好的教育看看。

在相信教育救国的人们中，大概不外三派：一、较旧的个人的良心矫正说；二、较新的国家的伦理主义；三、较唯物的温情的经济的职业科学教育论者。第一派以为现在中国之所以多乱，是由于人心太坏；唯一的办法，须从"正人心"下手。故他们所主张的另一种的教育，说高尚些，是形而上学的自我之觉醒；说腐败些，不过是背诵"大学"。他们这种主张的本质，并不是没有哲学的价值，只可惜太不合乎科学的思维。即在他们主张这一说的人们中，我想他们决没有哪个曾经把古今中外的历史调查过，对于社会扰乱是由于每个人的良心之颓败的论断，我不知他们是以何理由而相信！至于要使每个人都意诚心正地"不亦君子乎"，这种工作，或许上帝有此能力。有讨论价值的，自然是只限后两派。第二派以为现今中国所以多乱的原因,是由于中国人民缺乏一种民族的意识,没有国家的觉悟。因之,外遂不能抵拒列强之侵略;内亦无人知道"国是我的",而一任武人横行坐成败亡之势。于是他们便要来以一种国家主义的精神,施民众以教育。他们将于现教育界外,另起炉灶,自办他们的学校。这个,的确可以在形式上,说是另一种的好的教育。但我现在敢于预言,这种"另一种",这种"好的",至多也不过比现在的学校设备完全些罢了;决不用一个不胜任的教职员,遇事认真些罢了!说一定能保着它的毕业生,可以比现在的中国人便会怎么样好法,这话实等于盼望一种奇迹。常乃德君说:

"在国家主义下的国民,是以军人生活为标准的,他对于国家的关系,犹如兵士对于军队的关系一样。"

在一种以军人生活为标准的教育之下造出的人们,我想无论何人也可以想到是个什么样子吧?因为"这种特殊的标准,自然不是在普通生活中所能达到的";所以他们要来"离开社会而独立创造这一个'机械养成所'"。所谓国家的伦理主义之教育,在普遍的社会制度未有改革之先,也不过是一种机械养成之工作耳!乌见其足以已乱而启发光明?是的!主张这种教育的人,又必定要说我们的国家之伦理之要求,绝不是像日本天皇或德国皇帝要求于他们的国民的那样,但是至高我想也不过像威尔逊要求于美国市民的那样而已!结果,能脱"以军人生活为标准"一语的范围吗?倘若真能超绝地脱出这句评语的范围,那么,所谓对于国家的伦理,还有什么存在?

其实这一派还是和前一派一样,也并不是没有哲学的价值,只是太唯心了,没有把中国所以致乱的病源观察清楚,倘若一个国家一个社会的扰乱乃是出于那个国家或那个社会的人民没有对公的伦理观念;倘若只是这样一个单纯的爱国问题;那么,中国就决不会闹到今日这步田地。说中国人没有任何知识,都可以;说中国人不爱国，那是冤枉。中国人爱国爱乡，我敢说，在文明各国中，并不让于任何民族。中国人并不是不爱国，只是没有爱之之力。爱国心和爱国力，是要受外界的物质生活之影响而转移的。任何民族都有爱国心，但是任何民族都可以没有一点爱国的行为发生，或至做出反爱国的勾当，只看当时那个民族的物质的环境怎样。人类现在离着纯理智用事时代，还早得很哩！除了能够在陈蔡受饿而不变其故态的孔老二，哪个能够捆起肚子来爱国？我们不是常常看见那极慈爱的母亲，为了饥荒卖掉伊们最后而且最爱的断肠之子吗？感觉上的快不快，直接引起盲目的情绪与本能而已！谈改革的朋友，希望不要忘了"人"是生物，生物的生活根本被支配于自然，而人类的心理进化方在感情时代呀！要晓得爱国或对于公众有明了的伦理观念，都是极理智的事，你若不在感情上把那容易压迫他的生活之烦扰除掉，便绝难使他在远虑与近忧之间决算出那高级的理智来。

然则，中国现在所以多乱的病源，在哪里呢？稍读近世史的人，便会知道，自从五口通商以来，国际的资本帝国主义，是刚刚地把中国放进了像那十八世纪欧洲的产业革命一样的过程中了！八十年来，海关贸易艇上所表示的入超额，把我们那几千年来的姑绩妇织的手工业经济组织，破坏无余；把我们那父慈子孝的"百忍"家庭，扯个稀烂。外货流入和国内生产凋敝的结果，便是物价昂贵、生活艰难。这一面形成了少数的雏形的资本家；一面形成了近世的无产阶级，失业者。于是幺二长三的姊妹们、丘八丘九的弟兄们，就益发地随了黄浦滩上的电灯与汽车之加多而无已，而生活愈难，而物价愈高，而失业者愈众。循环若无端，狂澜莫挽，江河日下，这一部唯物的大机械，方在狂激乱转之中。它的发条呢？远在汉堡，在伯明罕，在曼彻斯德、马赛、纽约、大阪。华盛顿的国务卿、伦敦的巴力门，则正在拿了那长嘴的锌制油壶，把那机器油不住地向着一个一个的螺丝眼里倾注。雪亮的车轮、闪电似的皮带，把我们的三魂七魄早已转得不知去向。从一个华侨在南洋受虐待起，一直到曹锟做总统，哪一时哪一事、哪一次内乱、哪一队土匪，不是这副机械的产物？现在要想停止它吗？也容易，不过总不是坐而论道的教育所能奏效。挥起你的老拳，把那加油匠手上的油壶打飞了它；用了你的另一只脚，下死劲踏住那汽门；然后庶几有效。主张正人心的先生们，只知世乱由于人心之坏，却不探求人心所以必坏的根本。第二派的先生们，只知道人们缺乏公共利害的伦理观念，却不研究其所以如此缺乏的道理。唉！要救济一个卖淫妇，是应当给伊一个相当的生活呀！空洞的人格之谈，是压不下伊手中那高亢的胡琴之音的！在这一点上，第三派却比较地有些注意。

　　第三派的朋友，在根本上，见解是不错的。他们知道仓廪实然后才知礼节；衣食足然后才知荣辱。他们以为中国人若不能自己解决那失业问题，那么，中国社会是不会太平的。然而，可惜这些先生的"用神"却拿错了！他们根本上固已知道中国之多乱，是一个"分配不均"的问题。但是他们在所以分配不均的更根本的问题上却误认做了国际贸易之盛衰的关系，于是他们遂以"振兴实业挽回利权"为口号，而提倡一种科学的职业救国教育。在他们的哲学上，是以为只要国内能遍地兴起工厂，那么，无数的贫穷人便都会被吸收而变为有职业而安分的国民了！而且还有一个神秘的逻辑思维，便是只要所有的资本是出自华人，而所有的利益也归华人赚得时，则中国便会立时变为一个强国。他们没有留心过，或不愿留心那近世的无产者所以形成的历程；他们更没有用心观察过一切社会上的现实事实。他们只知美国的工商业盛，所以美国富而且强。他们不知道美国也有一个隐痛极深，正不知哪一天放了那颗大炸弹的失业问题。他们只见日本是由于利权不外溢而致荣显；他们却忘记犹太人也能够很赚钱而终不免受耶教各国之虐待。他们把一个根本上由于普遍的阶级之对垒而起的生活不平等，看成是这一国工商业者与那一国工商业间的买卖之竞争，这是一个何等大的错误！幸而这派人在国内除了一个黄某专以职业教育之口号去吃人家的欢迎茶点之外，实际还不多，其所主张的教育之设施，还没有彰著地实行。然而那些什么专门以及大学中的专科，近来却已有很容易一转而入于其主义之下之势了！这种教育的功效，自然是较前两派不同，他是能如其所期而收实效的。不过其实效所至，只能增加社会上阶级悬隔的距离，繁殖无产者及其阶级的恶感，愈益促其民族的、国家的大屠杀而已！这种美名盗实的科学的职业教育，实际上只是资本主义的奴隶之养成。常乃德君说：

"资本主义下的教育目的，仍然和国家主义一样……不同的地方：后者所欲训练者只是一个简单的背枪的人，而前者所欲训练者则为熟练的工徒。"

"熟练的工徒"，这一个教育出品的名称中，该含有多少反人道的意义与不平的可能呀！

综观以上三派的教育主张，实际上还是与那些泛称的所谓教育一样，对于中国的救治是无效的，我想大家总该明白了！其实，相信教育救国的朋友们，是没有明白如常乃德君所说的"教育制度为社会中各种制度之一种，其演进之历程与全体社会演进之历程息息相关，尤与社会各种元素中最重要的经济制度之演进有密切关系"这一句话耳。我决不否认教育有指导文明、创造历史之功用；但我决不敢说在现今的中国乃至世界上任何国，若不把经济组织那个先决条件解决了，它便能如我所期的显现功用。教育垫伏在现制度下，已经窒息得要死了，须得先用一个根本的社会革命，把它救了出来。这便是说它的自身尚需经过一次革命，然后才可用为推进社会文明的工具。那么，在社会经济未改革之先，它之无用，是更不待说了。我希望谈教育的朋友，最好先把常君的毁校造校论拿来研究讨论一下。至于本篇的意思，总结起来，便可用我所听见的一个不懂教育的朋友所说的一句聪明话表明。他说：

"教育，和人们吃的饭一样；人自然是不可一天不吃饭，但人若害了病，饭却不能医治。"

（载《新建设》第1卷第3期，署名：萧楚女）

革命与"革命教育"

在本志第五期上,我曾决绝地对于《革命与教育》这个问题,否定了教育足以为一个救治中国的有效方法。我预期我的亲爱的读者,只要没有忘记了自己天天所居处的这个现实的中国社会的一切事实,那便自然会与我的那愚见共鸣。但我们虽然站在"改革社会"和"救治中国"的立场上,否定了教育,然而当我们抛却那教育救国之腐论而取径于较直接于"革命"的这条路时,我们却仍不能不有一种所谓"革命的教育"。这是因为"革命"这件事,在一种哲学的意义上,它是一个"创造未来的文化的群众意志之创造"。它需要有若干个勇敢、英毅、明哲、果断的伟大领袖做它的酵母。它更需要一个时代的精神与时代的心理做它的被酵发的原料。因此,一个坚固而高伟的信仰,一个旗帜鲜明、壁垒整严而又有一贯的理论的主义之普遍的伸展与扩大是必要的。不但如此,在革命的对象上,对于我们要去改革它的那个"社会",不可不有一个彻首彻尾的、系统的而且是纤细不遗的了解。以一种伟大的信仰,垫稳革命的基脚;以一种一贯的逻辑的主义,构成革命的全体系;以其所要改革的那个社会的全体的一切现实的事实,规定革命进行中所应取之方法与其所欲达到之最后的目标。这样，这个革命，才是一个科学的、理智的"未来时代之创造"。然而这是一种"极意识"的事业。倘若没有一种意识的教育——没有一种为革命而培养革命的"革命精神之教育"，则又如何能行？

故一般的教育固然是不能救国的，固然是对于救治现在的中国，乃至未来的中国是不能有效的。固然中国的改造，乃至世界上任何时代的任何国家之改造，若要它能够达到一个真正的人的生活之完满实现的境界，那是非以"革命"，尤其是非以"社会革命"的方法，先把一般的经济组织加以彻底的改革，使之恢复那原始的自然的平衡不可。但一个特别的教育，换言之，一种革命的宗教的宣传运动，则不能不说是对于改造社会是有间接的必需的。革命产生"新时代"，而革命的教育则产生革命，这是一切过去的历史所告诉我们的定律。

中国需要革命，是每个中国人都知道、感觉的。中国革命之失败的历史，则又使每个中国人，甚至于每个中国的革命者都怀疑了！主张教育救国而不信任革命的朋友，怕不就是这种鉴于已往的中国革命之失败而怀疑者的一个！

然而中国的革命之失败，并不是革命的不好；更不是中国不宜于革命；尤其不是革命之不足以救治中国！革命之失败，每是由于革命者的本身没有受过相当的革命教育。故其形成与生长的全过程，必始终不能脱出那感情的冲动之范围；而其所向往祈求者，亦必陷于一种浪漫的小说的境地。

这样的革命，在一般社会人人的理智都没有发达的时代，间或还有偶然侥幸成功的可能。然失败总是"常"例。一到近世的科学时代开始了，这种革命的失败自然是百分之百，中国的近代革命没有受过革命教育是无可讳言的，当辛亥以前，同盟会的朋友中，除了一两个很少的真切"研究者"之外，大多数只是所谓"激于义愤"——被"嘉定三屠""扬州十日"及在海外所受的虐待与甲午以后之侵略所激起的感情所驱使而已！对于某种一定的政治的经济的系统的主义上之信仰，并不能成个全体的一致。孙中山先生的三民主义、五权主义，并没有用作铸造革命的模型。那时的同志，不过是纯洁、义侠、壮勇罢了，不过是些武松、鲁达式的民族复仇者罢了！事实是原因的结果，唯物的定律支配着它，他们本是单以愤恨的民族主义而集合，所以他们也只做成功了"民族"这一部分的革命——只完成了历史上"剪去辫子"这一件工作。倘若他们在那时候便能像今天这样，严格地把国民党改组了，用了一个一定的信仰垫稳那革命的基脚，用了一个一贯的逻辑的三民五权主义构成那革命的体系，而又有意识地注意于当前的实际上政治经济状况及民众需要之研究；则南京政府的向前进程和他们所用的方法，及他们的作战的组织和纪律，自然便会和已往的历史不同，中国的革命自然也不会只落得今天这一个"失败"了！所以以前的中国革命之失败，并不是革命不好，不是中国不宜于革命，不是革命不及教育之能救治中国；只是由于革命的教育之缺乏，所谓革命没有受到它的必要的训练，养成它的必要的意识而已！

············

我们的革命的酵母不怕多，我们只怕多的"太无教育"，多的太浪漫而非"科学的"了！我们不怕有若干个同时对于革命，对于民众施"革命教育"的教育；只要我们能够某一点上联合起来。这种联合之到来，是完全受支配于现实的社会经济状况的。环境的物质的条件、时代的要求一具备了，无论我们的主义如何千头万绪地不同，无论我们的主义如何唯物、唯心地相异，我们到时自会相结合起来。除非你原来所抱的，就不是革命的，或你原来就不是要做成革命的；你若要做革命而到时又不应着唯物主义的要求，受它的支配时，那么，你的那革命便会自然地变成一种"非革命"的革命而被自然淘汰。……唯物定律那位老夫子会替我们制驭着那调剂的机柄——但你的革命（你的主义）是一个"革命的教育"的产物，是从一种系统的信仰与研究而演出的。

相信教育足以救国的朋友们！你们何不把你们那孜孜不倦的办学终日而枉劳终年的精神，拿来向这一方面努力呢？以教育家，以相信教育有左右时代的效力的教育家而从事于"革命的教育"之传播，那真是吴稚晖先生所说的"戴红顶子演说"了！那么，社会改革的车子，在时间的轨道上，或许要得到一种加速率的进行吧？

然，读者可又不要误会，不要因我们期望教育家去行革命教育，遂以为革命教育是只在学校里才能进行的，倘若革命教育是只在学校里才能进行的，则其与一般所谓教育又何所异？一般所谓教育，既然不能有所救于中国，则专在学校里才能施行的革命教育，怕也未见得便不久而久之会要变成和所谓某某教育相似了吧？！要知革命教育，是不但其所用的教育与一般所谓教育不同的，就是它的教授上的方法与它那可以施教的范围，也是不同的。利用学校以施革命教育，固然是可以，而且有时还是顶好，但在学校的革命教育，终不过只是一部分，且是很狭小的一部分学校里的革命教育，不过可以给革命教育上所要得的一些帮助的知识和一部分革命精神的培养罢了！大部分主要的革命家的精神、品性、人格和革命的知识，及其方法、组织、战术之历练，却不在那死读呆书的学校，而在一般社会随时随地的实际生活中。革命的教育所要造成的，不是一个博士、一个理论的著作者。它所要造就的是一个熟悉社会上一切情形，明白一般人民的心理与需要，能够随机应付而措置适当，无论遇着何等艰险绝不稍作退避之想而置死生于度外的少数的专门革命家；和一个普遍地期望革命、祝福革命、信任革命、赞同或扶助革命，乃至举一切不顾而加入革命的社会空气——民众感情——国民心理。除了学校和书籍和一切具体的教育品物，它的教材和讲坛，非常广泛。它的"教"与"学"是和"做"分不开的，这个"分不开"就同"热"与"亮"之共同成就那一个"光"一样。它研究政治学或经济学时，自然是不能完全丢了书本，也应当为一些必要的学理上理论之探讨的。但在学理的探讨之外，却偏于实际的体验。一个爱国运动的集会之经过，便会告诉你所谓外交的实际意义是什么；若干时的工厂生活，便会告诉你经济学书上所谓"利润"是个什么。讲道德、说仁义，读破了孔孟百家，要他有切实的实际伦理之觉醒，康德所谓最高的良心命令，倒不如使他尽量地参观社会上一切的罪恶结果、一切的无告者之生活，反而来得比较稳固而迅速。翻破了比较宪法学，检查尽了各国的各种救贫法案，反不如叫他到贫民窟和一般社会中去实际调查，结果他反而会很自然地好像天启地定出一种适应于人民需要的改革法案来。所谓"贫贱不能移""威武不能屈""富贵不能淫"都是实际的历练功夫；纸上谈兵地教练，他到了要"移"、要"屈"、要"淫"时，他还是要"移""屈""淫"的，要他在"移"时不"移"、"屈"时不"屈"、"淫"时不"淫"，只有从不断的艰苦历练中养成他的习惯，并且只有在一种大家相习成风的习惯中，使他无意识地、本能地服从唯物环境之制裁。而且要做一个完人，则学、识、胆三者便应该并行而以同比例发展。而一个革命家——社会革命的领袖，尤其应该如此。然要求此三者度发展同比例，除了从"做"中去历练，我以为实在也没有比较更可以获得的径路。

故所谓"革命的教育"，实在便是把一个革命家放在一个继续不断的革命行动中去受他实际所需要的教育。最浅的比喻，就像小孩学走路：小孩学走路，是以"走路"去"学"的。革命的生活，便是革命的教育，这和小孩走路便是走路的教育一样。这还是专对于革命家说的，至于一般的社会空气——民众心理之养成，自然也不外乎一个实际的"做"。革命教育中的革命生活，革命生活中的革命家的一切行为，便是一个革命的通俗教育的宣传。同盟会朋友们的行为，造成满清末年那种单纯的民族仇恨之普遍的感情；同样，一幕俄国的经济革命之实剧，现在也正在欧洲乃至全世界人们的"暗示感受"中扩展着。

以上，我还只说了革命教育的原则。读者或以为如此，则这所谓革命教育，不过是如在上海九亩地大操场上开什么会的那一阵乱轰罢了！不忙！在根据它的原则而实施时，还有另一方面。

大凡无论在什么时代，对于无论什么事体，要行一种改革时，这种改革运动，必须有两种的基础，然后才能成功。一，是所谓哲学的——理论的基础；另一，则是所谓时代的——事实的基础。而一个人的人格与其能力之完成，也必须受两方面的陶铸，而后才能坚定贞固。这，一方面是思想上信仰的系统之组成；另一方面是生活上实际的一切"情""理"和适应的技能之阅历与历练，一种改革事业的哲学的——理想的基础，和一个人的思想上的信仰系统之组成。就好比是一个固定的坐标，有了它，然后才指得出空间中的方位。人要有了一定的信仰，才有一定的人生观；事要有了一定的理想基础——哲学的理论，才有一定进行方向与目的。人有了一定的人生观，然后他才能有一个主我，而不致无人格之持续；事有了一定进行方向与目的，然后才能使做事者努力于实现与成功。但一种改革运动如果只有它的高尚的哲学理想，而对于其时代的背景上完全没有基础，则那种运动便一定是不能成功的乌托邦的幻想。故一个改革运动，不但要有哲学的理想的基础，同时须要它那哲学的理想合于时代与实际的事实。然后那有了进行方向与目的的努力，才能找得到一种切实可行的方法去实现它，那种努力才不至于是白忙。

一个人的为人也是一样，倘若某人只有他的系统的信仰，只有他的固定的人生观，而对于一切世间的世故人情，完全没有了解，对于一切适应环境的感情用事者、固执的守旧党、孟浪从事的锐进之徒，大概都是这一类的人。故一个人不唯在思想上要有所主见，要有一个由其一定的信仰而产生的人生观；并且还当去阅历一切情理、实习一切技能，然后那个人的思想人生观，才能算有一种完满的意义。反之，一个运动如果只有些时代的事实做基础，而缺乏高深远大的理想与目的，则那个运动对于社会上必无若何意义，它不过只是一种寻常的事物之变迁罢了，配不上说是什么改革运动，它也决不能就改革了什么！同理，一个人的为人，如果只徒然地历练得那些应世之术、干事之才，根本上并未经过一种陶冶，并没有一个具体的人生观；则其人纵然不就是个坏人，但至多也不过是个寻常人而已；更哪里配得上说是革命家，更哪里能担当那改革的重任？综上，则一个真正伟大的革命家，那是不但在他的人格上要有一定的信仰、一定的人生观，而又富于实际的社会阅历与技能；并且在他所从事的运动上，也要有一定的哲学的理想，与其所处的时间空间中的一切事实的基础。要他的事业上所抱的主义，就是由于他的信仰所产出的人生观具体化；他所计划的改革方案，就是他的人生观之所寄托而实现的地方，然后，才算是一个完全的人格与一个完全事业之体系相融合了！那样，革命的事业，才能像一种宗教之宣传一样，对于社会为普遍的扩展而终于成功，革命家，也才能有一个殉教的态度。所谓革命的教育，它的本质便是应该如此！

自然，事实上这种教育是不能对于好多人有效，不能期望有好多人都能造就成功的。但我们对于革命的事业之期成上，却不可不接着这样的革命教育之原则做得去。前面说的那以革命生活为革命教育的"做"而"学"的教育，原只是较属于表面的一方面，但却是很重要的一方面；在这一方面，它将使一个事业得到真切的时代需要和事实上实际的解决之了解。它将因获得了这些了解而给事业上的哲学的理想的基础以基础。它能使一个人成为实际事业家，成为精干的一切政治经济及一切社会问题之明敏的处置者。它将以这些实际上所获得的历练，转而修正或变更或给以若干型范的力量于一个人的人生观，所以我们曾郑重地注意了这一方面。然而另一较根本的方面，则不能不属之于"研究的"范围，在这方面，自然还是学校为宜，不过还是不一定要限于现在这种限程毕业的学校；而学校对于革命的教育所以还觉得有用的，也不过只在有时能够供给研究的方便（这是指办教育者，把教育向革命的方向办去而言；若现今这种反革命的教育，那就不但不方便，且将窒死革命的精神了）而已！这个较根本的研究方面，是要给革命运动以哲学上的逻辑之根据，给改革前途以理想的目的；是要在革命家的思想上，组成一个产出他的人格的根本的信仰。综合起来说，这便是关于"革命"的本身之主义上与其主义所根据之学理上的研究。若把革命教育作为狭义的解释，则除这种研究之外，前说的那一方面也可不称为教育而名之曰宣传。

关于革命的主义和其主义之学理的研究，现在我们虽然还不能以自己的主观，便断定说应该取哪种主义以为公同之鹄。但是革命的道路尽管不同，国民党尽可以走国民党的三民五权之路，安那其主义者也尽可走安那其主义之路；而其革命之为革命的精神，要总相同。对于全社会的革命分子应该信什么主义、取什么主义为帜志，虽不敢说；而对于足以产生各种反强权的主义的那个近世的科学精神，则可标以为任何派别之革命者所由之公路。这便是科学的进化论，与科学的唯物史观。在进化论与唯物史观的研究结果中，你可以信仰达尔文，你也可以信仰马克思；你可信仰社会主义，但你也可以信仰民主主义。不过你总要是从这两个科学的哲学求得而不是从那"五百年而圣人兴"与那"七日创造世界"的胡说而来的。故在革命的教育里，进化论与唯物史观是每个从事革命者"传戒"的第一本经典。进化论显示了宇宙生长之过去的状态；唯物史观解剖了社会变迁之必然的因果。从这样的透明的了解里，才会生得出清醒明白而有条不紊的人生观来。有了这样的人生观，然后才有那做革命家的起码资格——因为他的一生奋斗的精神与其事业的意义，皆要从这里抽出条去。明白了进化论与唯物史观，你便自然会定出你的革命的哲学的逻辑的基础，和理想的目的；而你自己的信仰也便从此而立了！

其次，便是一点一滴地研究一切社会问题。这是因为从极右派的社会改良运动起，一直到极左派无政府主义止，他们的对象统统不外是"这个社会"。就是要对于这个社会下医治之药，则不可不先知这个社会是害的何病。我们不做革命运动——改革事业则已；要做，若不切实研究社会的实际问题，那就实在是自欺了！从前国民党乃至一切历史上的改革事业之失败，可以说大部分的原因，便是由于没有注意现实的社会之研究。

然而进化论、唯物史观、社会问题等研究，读者又不要误会这是可以普遍地向民众施授的。对于革命的社会空气——民众心理之养成，那实无须乎此；且事实上也决不能行此。民众间的革命教育，只要革命者的革命生活——实际的革命行动，就是前说那较表面的一方面便够了！依群众心理和暗示传染之定律，理智地解剖，反而无效。我们只要把领袖的人物从科学的、理智的革命体系中培养出来，群众的感情之海，是自然会浮着革命之舟而达彼岸的。所患的是革命本身之浪漫而无科学的精神。所谓革命的教育，就只在培养、训练、组织这种科学的革命精神之领袖；对于民众心理，不过是广义的涉及而已！然对于民众虽然不必讲那进化论、唯物史观的学理，虽然不必使之为什么科学的社会问题研究，而通俗的含有进化之理和唯物史观的观念的传授，却又不可不普遍鼓吹起来；浅显易解的社会的黑暗面，也不可不努力指示给人们。因为若不这样，那革命的宣传便不免觉得空泛而乏力。辛亥年鄂军工程营和三十一标的兵们所以肯牺牲向前、开始放枪的，我恐怕还是由于他们在日常生活受多了他们同营的那些旗人之骄横的刺激吧？

　　主张教育救国的朋友们！我诚恳地请你们放下你们的什么国文、英算、博物……你们应当快快地把那史地、公民、生物、社会经济、文学等科，混合地组织起来——组成一个"人的意义之完备的发展"必修的学科，供给革命以一个"中心"的基础！并且希望你们越出你们的讲台和黑板之外，好像"设计式"的以社会为学校，以动的社会为教材引起青年们实事求是的精神，去创造那创造未来的民众意志，以开辟我们的新时代！

（载《新建设》第1卷第6期，署名：萧楚女）

青年与农村教育

　　中国现在的一切内忧外患，不外是受了国际帝国主义和封建武人的狼狈的侵略与掠夺。要反抗这两大势力，而解放中国，则非发达产业与人民监督政治的权力不可。说到产业与人民两方面，中国是与外国不同的。中国的社会经济基础，根本植在农业上面。中国的人民，也几乎是百分之九十几都以农业为生。不谈改造中国则已；若谈改造中国，忘记了农人，那便是不期望他的改革获得成功。因为"农人之醒觉"，实关系于民生与民权两大主义之能否实现。而所谓发达产业与人民监督政治，则又非由此二大主义产生不可。

　　怎么样觉醒农人呢？这自然不是一个简单的问题。但对于农民施以补习教育，使他明白他自己的痛苦，与痛苦之来源，并告诉他以一种免去痛苦的可能——要为首先重要的方法。

　　但这种农村教育，在现今若期望政府或什么自治团体来办，那是不行的。知之行之唯一的负责者，只有我们现在这般青年。我们应该纠合我们的同志组合成一个"到农民中间去"的结实团体。硬当一种宗教的生活去过，在无论什么地方，只要有了机会，便对农民办起补习教育。经费一项，一部分可以由于我们的热心与态度上之感动而募集；一部分则以我们的努力去向省县市乡的教育经费中去争划；更有一小部分则或可由于境况较好的农人之自捐——不过这最后一部，我们不可遂作着实的指望罢了。这些经费，不过只用于相当的设备上，我们自己是纯粹尽我们的国民义务的。

我们这种农村补习教育，并不一定只限于学校式的书本教育。我们应该把一部分社会教育的宣传事业，也包含在内。一方面，我们是教农人们以认字，获得他们生活上所必要的知识与技能；另一方面，我们又实际训练他们以有规律而又坚毅的组织。并且要注意养成他们一种人生观，使他们对于现社会有信任自己，要求完满自己的生活的意识。学校机关，虽然是不可不多少为地域上分配的固定；但我们办教育的人，却不必固定，既可以你来我去，又可以由此适彼。只看谁的能力、谁的时间，宜于怎么样，便怎么样。方法更不拘定，因其民性、地理、时代之物质的条件而变迁。我们有时是高坐讲台上，向他们讲古论古；有时我们又组合起来演戏给他们看。事在人为，随机应变，总以他们能够接受而且获得实益为主。我们的态度应该仿照欧洲旧教牧师对于我们传教的办法，力求与农人的生活同化。我们施教于他们时，不可以"我教他"为中心，以我的知识所有灌输于他为念；我们应当以"了解他们"为中心，以应他们的要求为念——他们需要什么，我们便给他们什么。

我这所说的，不过是几句很概括的感想；至于实际上的细节，即自然是不能再想象地多说了。总之，只要青年们肯以天下为己任，本着上面所说原则去做这一种宗教运动，中国的改造事业，便自然会从一个更确实而稳固的基础上，于较短时期中建设起来！长夏的假期已经到了,我们开始试验的时期,便在眼前!朋友们!努力吧!

(载《教育与人生周刊》第 42 期,署名:楚女)

讨论"国家主义的教育"的一封信

代英：

　　前在重庆女师，于唐兄处闻杨效春兄有函致彭云生兄，说你们少中的朋友，已开始主张一种"国家主义的教育"——用以救国。当时未知详细内容，所以对于唐兄就没有说什么。回汉口后，才读到余景陶、李幼椿两先生的大著——《国家主义的教育》。愚者一得，却以为两先生的根本动机，我们固然应当与之同情而共鸣；而两先生的立论析目，则应当优待商榷。只因我拙于作文发表思想，所以也迄未在哪里说出什么。今天，接到《少年中国》四卷九号，复见陈启天先生所著《新国家主义与中国前途》和你致余、李两先生讨论这个问题的长讯。便又觉得你的见解很多与我相合，而陈先生的理论则颇多尚需请教之处。但余、李、陈三先生均不相识——所以只好写信给你，因你而呈出我的愚者之妄言：

　　据余、李、陈三先生的著作看，则这次的这个运动之缘起，根本上乃是为了要反抗基督教教育、国际帝国资本主义，及托根于外力的武人封建政治而已。那么，这个运动的实质，只是一个"实力的战斗"问题——一个被压迫者对于压迫者的"自身解放之要求"。"中国人要怎么样才能战胜那三大魔鬼而得到解放呢？"在我们以为这是应该从考虑"中国在现世界经济组织中，目前所处的地位"下手的。我想只要我们能拿在哲学上研究现象与实体之关系的那种头脑去分析一下，则无论何人都当承认现在的中华民国实已亡国多时——所存在的，仅只地理上的符号而已。不过这种已亡之国的实体，现在尚以半殖民地的现象（形式）而表现着，我们遂为其蒙蔽，不大觉得。我们想想，湖北人、湖南人所常说的"什么鄂人治鄂、湘人治湘——萧耀南、赵恒惕早已替吴佩孚来亡了我们的'省'了"——这一句慨叹之词，用之于现在的北京政府，用之于现在北京的那些牧师们、买办们、小白脸们、美国博士们，有什么两样吗？实际上中国既已亡国，那么，我们要求从那三大魔鬼的脚下解放出来，便可见已不是容许我们做爱国运动，而应当以激烈的革命精神去做复国运动的时候了！自然爱国运动与复国运动仍然是同一肯定国家之存在——主张国家主义，即所以为爱国运动亦所以为复国运动。然而余、李、陈三先生所主张国家主义的爱国运动，在实际上却不免和我们的"复国"之认识，大不相同，因而结果——也必致弄得大不相同。结果不同，便是要得到解放而终得不到解放了——因为余、李、陈的目的（期望的结果）也和我们一样，是在"解放之实现"；不同，便是不能实现。

　　何以见得在现在的中国以国家主义的教育去做爱国运动，便只是无效呢？这道理很明白——便是：你要爱国，须得先有一个被你所爱之国存在；你所爱的国，须是一个你自己的真的国；倘若你误爱了你的仇敌，你便会比你在不爱国时，更受虐待。目前的中国既已亡过了，既在早经帖服在国际帝国资本主义的经济管辖之下了；我们还误认一般英美日本的雇员们所组织的吃饭机关为一个实体的中华民国，从而"爱"之，从而以普遍的国家主义之教育而使普遍的亡国同胞"爱"之，则何异于授人以刃，而己则延颈待戮？到那时中国人可真成了尼采所期望的骆驼了——背上已经很重，还要求更加重——倒也可以傲视印度、朝鲜了！是的！说余、李、陈三先生的意识的目的，竟然是如此，三先生必骂我是故意歪扯了！然而其奈客观世界的唯物趋势何？三先生尽管是如彼如彼地理想着而进行；但是唯物的趋势却一定要如此如此而成就——则又奈何！要不如此如此地盲爱了"吾敌"吗？除了我们所认识的"复国运动"的革命——赶走那些雇员，把国家从国际帝国主义的代表者武人手中取回，组织我们"复国者"的自己的政府，实行我们的"复国者"的独裁专政——还有何法？世界是一个无形之流——它已进步到了今天了！还比得法兰西革命，意大利立国那时吗？我们应该没有遗忘巴拿马运河已通，我们应该晓得飞机已经在送客过大西洋。中国人现在的问题，不是一个推倒路易十六、抵御拿破仑第三的简单问题；乃是一个怎么样使自己和外国人能够安然各自吃饱饭的复杂问题了！而且更不是一个仅仅的关于自己一国存亡的问题，而是一个关系于全世界全人类的秩序与和平的问题了！在现实的中国社会，余君的国家主义的爱国教育，果能让你好好地办得去吗？余君自己若没有一些政治上的权力或奥援和一些经济上的相当基本力，余君所理想的学校，果能如余君所想的那样推行，而成就余君的救国结果吗？美国的大腹贾、英国的绅士们，能安然让中国土壤上，长出一棵爱国之花吗？——假使你不革命地和他们相血战。现在的北大及国立各专门，还没有打出余君那样的招牌，还没有标出什么新国家主义，却早已几乎不能存在，帝国主义的雇员们早已就想把它们扫除殆尽了呀！再者，北大诸校的教育，虽然不能便算是余君的国家主义教育、爱国教育；但却也不能算是不爱国的和非国家主义的教育吧？它们是已办好多年了——然而对内对外的效果，不过也只有今天这个样子——还得须余君来引为忧虑。余君或者要说北大诸校，并没有意识地标出国家主义，没有标出爱国吗？那么，中华民国四字，不是已经意识地标出了十三年了吗？除了普遍人不说，知识阶级对于民国的观感，则又何如？若说它们因为没有像余君那样，"在祖宗遗给我们的历史中，去找出些好的东西"，以为教育之鹄的——如"知其不可为而为之"和"无入而不自得"——所以才无效。那也不然。现在北大、东大的国学工作，不是正做得分派对垒、各唱高调——连灰尘堆中的档案都拉出来了吗？我看只除了未曾把余君所要提倡的那两句国粹——知其不可为而为之，无人而不自得——以为全中华民族的统一的人生观之外（其实，梁启超、张君劢对此二语已经发挥得很多了），可说什么老古董都已搬弄过了——好的和坏的。

我并不是说余、李、陈三先生主张国家主义、主张爱国教育，简直是不应该。我是说我们须得先把政权夺到了自己手中，然后再去主张；换言之，便是要先把现在并不存在的中国恢复到中国人自己手中，然后再叫中国人去爱它。恢复已亡之国——赶走帝国主义的雇员，便是和世界上头等强国英、美、法、意、日直接开战。试想这个战如何开法？我们没有枪炮，没有军队，并且没有国家呀！然而我们又将怎样呢？除了从经济上超国际地联合世界的无产阶级，联合一般被压迫、被掠夺、和我们同命运的朋友，一致掘空那现经济制度墙脚——还有什么好的方法？三先生现在主张那"坐而论道"、从容不迫之教育，主张那非侵略而仅系自保的国家主义，如何行得？我想，我们若肯把德国在鲁尔的消极抵抗对于法国之降伏，和孙文在广州的收回海关所引起的列强之反应（虽然孙先生一点也说不上胜利），比较一下，就可恍然于一个强烈的社会的世界的夺权专政之革命，是不可少的了！

是的！我若不是个甘愿在黄浦滩站岗的红头阿三，我自然不能说我们在现时便可以绝对不要国家。因此，余、李、陈三先生的国家主义，我们自然也不能不承认。但我们现在虽然应该主张国家主义，同时却也应该向着世界主义进行。我们虽不妨在向打破国界那条路上进行时，为了方便的缘故，为了容易集合群众以举行革命的缘故，以主张国家主义为一个手段；但我们却不可单纯地主张国家主义，竟以国家主义为目的。国家主义只可以为一种革命之"术"，却不可以为我们的要求之本体。我们可以国家主义唤起群众的感情，以成就我们的复国运动；却不可便把现在的虚体之国的北京统治当作实体，叫人民去爱它。我们应当以"已亡国"的痛哭，激起普遍的愤恨，去与国际帝国主义，以及托庇于其下的基督教和武人政治血战；我们不应在未推翻那国际雇员的政治之下，提倡爱国，以致反而拥护了敌人。我们要国家，但我们所要的是我们自己掌权的——像俄罗斯那样的国家；却不是像现在那史丁纳（Stirnes）和朴荫克雷相勾结的德意志。要杜绝朴荫克雷和史丁纳那样的外侵、内奸，以及内外之狼狈结托，则唯有社会经济革命——则唯有以被压迫者对于压迫者的愤恨而作战。法兰西革命是我们要的，但却不是一七八九年的，而是一八四八年的。一八四八年的法国革命，是我们要的，但却不止此；我们还要一个一九一七年俄国革命。我们固应有一八七〇年时，巴黎围城中那种敌忾的爱国心；却尤要有那一九一七年从战壕中撤回自国军队宁赌着国家前途之破灭而似乎不爱国的俄人之爱国心。况且陈先生说得明白："我人若就国家主义为为公正之讨论，则其罪恶固有不可掩者在。"——如陈君所数："扰乱世界的和平，摧残人类的文化，杀伤好生的人类，消耗无数的金钱，淆乱宇宙的真理，恶化国民的心理。"我们与其导人们于民族的国家敌忾，何若直接即导之于国际的阶级斗争？与其把基督教、资本的帝国主义，卖国的武人封建，看为是某某与某国外国之侵略，何若直截了当叫人们知道是由于一个阶级之专横？余君、李君、陈君之欲中国人所抱之国家主义，以及其理想中所欲造成的那未来之中国，我想极其量也不过如今日之英美日本罢了——即照陈君所诠释的新国家主义，也不过一方面人民有如法、意那样的国家之自觉；而一方面却又没有侵略他国的观念而已！然而试问现在的英、美、日以及法、意的人民，果已能说是完全得到解放了吗？三君如不承认他们是已得到真正的完全解放，则是无论如何有了国家之自觉，有了民族的独立精神，而终久犹须经过一次经济的社会革命。一定要按部就班、照样地模做去——便不能模仿做另一个欧洲国如俄国把两步并成一步吗？陈君说："中国目前之紧急问题不在'可'否实行社会主义之理想，而在能否实现社会主义之理想；不在如何实现社会主义于今日之中国，而在如何使今日之中国可于将来有实现社会主义之资格。"真真不错，然而"能否"之"能"须得我们去造呀！将来的"资格"须得我们马上就去一点一点地预备呀！学习的过程，便是教育；一切学问、程度、资格——能力，都在学习过程中呀！满清皇帝，尚且知道此理，而下九年预备立宪之诏，难道我们不可以模仿他吗？既然承认社会是应该而且必须经过那社会革命而达到社会主义之一步的，则又何苦盘桓于国家主义之中？陈君要中国有将来可以实行社会主义的资格，可见最后的理想是与我们相同的；余君、李君虽没有这样明白吐出，但我想他们之所以要反抗国际侵略以及基督教在精神之咕嗫的目的，必也和陈君所谓"使个人在经济上均有较为平等之机会与待遇"那一句社会主义之定议的意思相差不远——不过他们在这句之外还含有精神的独立要求而已！然则三君都不是为第三阶级而提倡国家主义的了（我以为我至少可以这样相信）。既然不是为绅士阀，不是为有产者设法拓地，则在今日苏俄已有了相当历史，以及中欧、北美、日本那种唯物的趋势彰彰如炬之时代，而犹踌躇于偏狭的国家界限之间，是没有道理的。故你说的"国家主义的教育，不应当从中国民族性，或东方文化上立说"这一见，我极以为是。我们本可直截了当不要国家主义了——但为了革命的方便，为了容易唤起群众感情，却也不妨以为一种号召的筌蹄。特须如现在之俄，以国际的阶级的而同时又是国家的鹄的立说；不可如现在之英美日本，以永固吾围的民族的虚荣成论耳！

其次，你说"教育方针、宜明定在用以救国，不应仍游移于和谐的或专门化的教育"，我也完全同意。关于这层，你所说，我可以一字也不必再说了。但我在这层之外，却另感想了些意思——便是"有心救社会者，在今日中国这种环境内，切不可认教育为一个方法；至多只可当它是一个辅助的手段"。余、李、陈三君误把教育看为是一个足以救国的方法，所以来提倡教育，所以来从教育中主张国家主义。其实，教育对于救国的功用，其最大限度，亦不过可以用你所说的"明定在救国"的办法，造出少数改造的首领者、指导者而已！救国的主要点，还是在社会的（世界的）经济之改造。自然，培养首领，也是紧要的——我们似乎不可不仰给于教育。然而"明定在救国"是我们未握政权时做不到的。即做得到一二校，又有何用——又能养得成几个首领人才？我以为我们如巴望着教育——即令是"我们的教育"供给人才，倒不如从实际的社会服务中去训练的靠得住。我恐怕那种从实物教授，从设计教授中造出的人才，还要更为得力些哩！有人担心着革命后——改造中的应用人才之缺乏，那是多虑的。改造中，一切专门人才，我们只要招一招就是了——固可预先为之培养；但也不一定必须预先培养。现在教育，对于培养改造者、救国者是无效；对于职业的专门人才，却多少还能造些。

有了一个列宁、一个脱洛斯基、一些少数的公忠诚实以身许国的殉教者，条理以把社会经济改造之大纲规定了——全国电气化的技师，是可以向大学中、欧美留学生中找得到的。故我以为我们固然可以——或者应当办些学校，造些领袖人才；但我们却不必把它当为一个救国的主要方法——它能供给我们一些领袖，则更好；不能，我们也不专靠它，我们还当从实务中去训练人才。

第三，你说："但只同情或自爱的教育，不足以救国。"——我却不以为然。我以为若要在教育中得到相当的公忠勇敢人才，用以救国，则唯一的教育，便只有同情与自爱的教育。不过我所谓同情与自爱，却不是幼椿先生所说的那种罢了！现在社会中黑暗面的生活情状，值得怎样的同情呀！一个人对于自己的人生——自己的"人"的神圣意义，又应该如何自爱呀！现在的世界，可说是因为没有能够知道同情和自爱的人，所以才弄到这步田地。一旦对于悲惨的人间地狱同情了，一旦发现了自我之尊严而自爱了——那便是人道降生了！故我们不谈教育——不谈教育救国便罢，不然，则正当叫青年们向死人堆中去发现自我，从刀山血海中去发现他人。同情自爱的教育是不错的；所错，是以看了戏台上的八义图而流泪为同情，以不在大英大马路撒尿而免巡捕干涉为自爱耳！我教青年，决不取空洞仁义恻隐之谈，决不取君子正人无边际的教条。我只叫青年去看贫民窟的活电影，我只叫他们积极地肯定'我"——认定"我"和一切"人"是一个朴素的哲学的实在而已！然而，这与其望之于教育，却又是毋宁求之于实务生活之中了！

此外，我觉得他们所主张的国家主义，和他们自己的理想之间，实含有一种不大能够调协的矛盾。据他们的文字看，则他们的二十世纪的"新国家主义"，是与十九世纪的旧国家主义不同的。陈君的长文——《新国家主义与中国前途》，始终只是解释"非侵略"一义而已！鄙人不敏，窃以为世上尽有非侵略的而不是国家主义的教义；却似乎很难有是国家主义的而又是非侵略的。无论哪个国家，只一到了不能侵略他人之时，便已不能成为一个完全的国家——更无所谓国家主义了！印度、爱尔兰、中国，固已很明显地合此定律；即荷兰（存在要人家保证）等国，以及中欧诸新兴小国（疆界也要听人家划定）也是如此。且余、李、陈三先生之主张国家主义，原是为足以抵抗欧美日本乃至基督教之侵略。足以抵抗侵略，必其具有足以抵抗之力而后可。力既足以抵抗他人，而谓其竟可不致流于进一步的侵略他人——则与老虎吃斋之说何异？世上尽有不能抵抗侵略而犹侵略他人的国家，却很难有既足以抵抗侵略而竟不侵略他人的国家主义——真正不侵略他人的，便一定不能抵抗他人之侵略，如一九一四年之比利时及眼前之德意志是。北美合众国，并不是不侵略——只要人们不肯故意说谎，则谁应当承认。然则余君虽然尽说新国家主义与旧国家主义不同，而实际上却难免和伊藤博文之日本、毕士麦克之德国无异。功效所至，极其量不过使中国有资格，能如一九一八年的美国一样，足以参加第二次之世界大战而已！我想余君等必不认这种效果——认了，那便是把自己所主张的国家主义弄成一种变相的保护贸易政策，而己身且是在为国内的资产阶级张目了！然则依上所说，则是余君等所主张的国家主义，说是非侵略的，固不免与其所欲收得之抵御外侮之效果不合；即说是侵略的，也必与其所以反抗基督教、反抗国际侵略以及国内之某一特别阶级之动机相戾。而况无论旧国家主义或新国家主义，当其以国家为标志，而给群众以爱国之印象使之有国家之自觉也，势必要假一种之教义以为说；此教义的宣传，固可千变万化，然要其根底总不能出外自族之夸大与赞美和他族之仇视与轻蔑（即《国家主义教育》一书，已是这样）——盖舍此则所谓国家，所谓国家主义，便无处生根；而其意义又更无由显现了！那么，陈君所承认的那些国家主义之罪恶——扰乱世界，摧残人类，消耗金钱，淆乱真理，恶化国民心理——虽然不能便说一定都须犯着，但却也无论何人不敢便保证其都不犯着了！故我觉得他们的理想和他们的行为中间，是不能十分协调的。其实：在余、李、陈诸君思想的体系，与其以"非侵略"为条件而致如此；实在不如痛痛快快去主张日、德国家主义好——因为那样无论时代和真理如何，而在其本身尚可一贯也！

余先生以"知其不可为而为之"和"无入而不自得"为我国民族之优良的精神一层——你说这只是少数圣哲的心理，不可以期于全民；我却以为余君在这个时代的这个中国实不应说此空洞而无边际的话。现在是白刃当前，猛虎在后——全民族或全阶级在生活战线生死决战的时候了！"几百米达卧下预备放"或"我们冲锋呀"，肯定而且明白的命令，才是有用的。赶走了敌人，夺回了阵地，前敌补充了、防换了——然后再在军人俱乐部中，对于弟兄讲演那"知其不可为而为之"的形而上学的伦理并不迟。一个哲学和一个相当的人生观，自然是要的——但却有个时候。又，"知其不可为而为之"一语，尚不失积极自强的意义，还不妨提倡提倡。至若"无入而不自得"的那种态度，我以为我们很应先考虑一下——不可率尔倡言。因为这一句话，若把它从一篇首尾具有理论的文章中，单另提出一边来用时，它便成了一个中性的逻辑断语。素富贵行乎富贵，素贫贱行乎贫贱，固然是一种好的修身模范；但素亡国行乎亡国，素洋奴行乎洋奴，在人类凡事必须觅一"假托理由"的心理上——那些"素乎"者，也未尝不可说"我是无入而不自得"。况且即令能够不致如此游移误用，它的本质，也总是一个消极的"且安"态度。"无入而不自得"的民族，我们看得很多了——津、沪、汉等处的英租界中之印度朋友,那种"无入而不自得"的精神,是可羡慕的吗?

最后,对于"新国家主义"究竟要怎么样实行的具体方法,我们希望"他日当为文详论之"的陈先生,早早给我说明。

(载《少年中国》第 4 卷第 12 期,署名:萧楚女)

中国人之怨望

替《商报》进一层说话。

《字林报》因为《商报》六月廿六日的评论主张无国别排斥外货，乃著论告诫我们，题曰《中国人之怨望》；叫我们莫要只是怨恨外国人，应该知道外国人"亦有深切之怨望"。它历数中国的罪过，什么武昌、宜昌兵变，什么皖省、豫省匪劫，什么临城绑票绑了他们外国人三十七个，什么非法对于外货课税……用李纨批评小红的话说，"倒好像翻了核桃车子"。它把中国这些罪过，一一认为是中国人所万不应该对于外国人发现的；它说，现在外国人对于中国算是已经在表示着"无上之宽恕与容忍"，不然，则"恐《商报》将无机会发如此激越之言论"。言外的意思，仿佛说："我们外国人早已就该把你们中国灭了，早已就该叫《商报》主笔缠了红布站在福州路当心，和阿三拜了把子做个阿四了；现在在我们外国人的租界里，还容许你这《商报》存在，已是千千万万丈长的绳子也达不到的恩德；你们不知服服帖帖地像我们洋人的小狗一样来报恩，反要如此说话吗？"

可怜我们的《商报》主笔，为了自己的国家太弱，也只好十二分地忍了这口气，装出和平的面孔，回了一篇妥协的论文，辩明他自己并没有排外；辩明《字林报》所说的那些外人的怨望，并不是中国国家故意加于他们的，所以要希望外国人勿以此冤枉中国。其实，《字林报》说我们排外，我们又何尝不可以直认不讳。"排外"就是一宗罪恶吗？中国人为什么要排外呢？是不是因为"外"的自身，要惹得我们去"排"它呢？兵变、匪盗、武人横行——这些是哪里来的呢？是英国、法国、美国、日本——在前，还有德意志、俄罗斯，到现在德、俄虽然退去了，却差不多又要添上一个意大利——的帝国主义使然。帝国主义的列强，在政治上故意地扶植中国旧势力如袁世凯、段祺瑞、曹锟等北洋军阀，帮助旧势力摧残南方革命的新势力，勾结军阀、卖国贼，供给他们借款、枪械、政治上的优势权力，使他们得以招兵买马，并极力帮着他们在租界捕拿反对军阀政府的革命党人；在经济上把持中国的海关，输入廉价的制造品，毁坏了中国农业手工业的经济，使中国无数农民工人失业而为兵为匪，兵变匪乱，都是从此产生出来的。因此，我们认定，帝国主义的列强加于中国政治及经济的侵略，是中国种种黑暗扰乱之源泉。他们若不扶助军阀政府，若不私运军火，若不把持海关，中国的政治日渐清明，中国的实业日渐发达，哪里还会像现在这么多兵、这么多匪！然而英国、法国、美国、日本……愿不愿意这样呢？这样，那便是中国有了可以自强的希望，便是中国民族有了独立的力量，便是中国经济有了自己产业兴旺之可能；反面言之，便是帝国主义将从此再也不能像现在这样来掠夺、压迫我们中国人了；便是英国、法国、美国、日本，再也不能叫我们中国人永远做他们经济从属的奴隶了！这样的真正与中国人以幸福的事，帝国主义者肯干吗？自然是不愿的！唯其不愿如此，所以帝国主义者明知中国的扰乱，是帝国主义所自造的，也还要更甚意识地造了下去。《字林报》再从旁鼓吹着、"怨望"着，则中国之被共管，又何愁无词可借、无理可据？！

紧张着那个大麻布口袋，要把中国民族整个地装进去，搬到帝国主义的榨油机上，榨尽我们的膏油，尽可以迳情直行好了，又何必故意转出这许多的弯子，说什么"无上的宽恕与容忍"！这是《字林报》说的，这是代表一个文明的而且是中国的友谊的邻邦之英国国民说的！这句话内，试问还几许承认中国是世界上一个国家的意味；还有哪些不是把中国看成了印度，把上海看成了孟买？英国的朋友，醒醒吧！中国人虽然生得愚蠢，但他至少总还可以比得上我们的绅士家庭中小孩们所玩的杰克箱中的杰克。生物的羞耻本能，难道中国人也竟没有了吗？物理的机械反动，难道中国人也没有了吗？只这一句话，只是他对于华人所下的"宽恕"与"容忍"这两个名词，华人便有理由而且有权利排外；至少说这话的英国人，是应该受华人"排"的了！"排外"，为什么不应该？堂堂一个国家、一个民族，有危及其国家之独立，妨碍其民族之生存，对于其国家民族为不恭敬之侮辱言论者，其国家之国民便立应排之，便立应以极端的激昂态度排之——就是义和团，又怎么样？在生物的伦理上，难道哪个能不承认义和团是一个很拙劣的而正当的自卫吗？至于说中国官厅蔑视责任，那更是欺我们之至了！绅士的民族！说谎是人类最可耻的事呀！中国官厅果真敢违背过你们洋大人一丝一毫吗？"北京政府"果真有哪些不是你们东交民巷所派出的一个委员会吗！临城案之俯首帖耳、唯命是从——赔款、道歉、撤换疆吏，恐怕在埃及、在阿富汗，也不过如是吧？利用了北京政府，压迫着我们，扰乱着我们政治的经济的生活，还要来说假话欺骗我们——则未免太把中国人没有当人看待了！只此一种态度，已足使中国人永远怨望！帝国主义者一天不恭恭敬敬地对于华人悔过引罪，改变现在的态度，则华人之怨恨必一天更进一天——且系加速率而又是累进率地增进！

《商报》记者说："须知中国变乱，原因已深，情态太复，咄嗟之间，非可立办。"这话错了！中国的变乱，情态并不复，揭穿了说，原因也不深；解铃系铃，只在帝国主义自身。倘若各国马上肯以现在俄国对华的态度对待中国，放弃一切损害中国的权利，互订平等条约，抛弃扶助北方武人官僚的政策，俾中国人民得以真正的民意扫清一切封建藩阀，以达统一；则中国之太平，未必不是咄嗟可办的事！

（载《向导》第73期，署名：楚女）

万县事件与中国青年

今年五月间，中国协会年会席上，主席英国人，便报告说："川江方面，因轮运发展，原有运货之中国船户，对于轮船颇生恶感；至有威吓领港华人，要求某种货物于江水下落时，须由航船转运者。现以强压及变通办法之力，反抗之势渐减。但欲帆船完全停止运货，恐尚在数十年之后也。"在这段报告中，可见我们那些可怜的饿肚船户，连要求某种货物允许他们在江水下落时装运，也被洋大人们用了"强压"和狡猾的"变通办法"拒绝了！并且洋大人们还下了决心，一定要使"帆船完全停止运货"！便无异是说"在外资垄断之下的四川船户，根本上已没有人类的生存权了"！大家看看，我们川江木船船户们，如若他们那个生物的身体，还不能就一旦死灭——他还要不由得他不生存下去时，是不是应该对于这直接压迫他们的洋人发生愤恨？

最近，万县事件，即令是船户殴毙美国商人郝莱，也正是由于这么样一个愤恨所致。然而驻舶万县的英国军舰司令官，却以炮火要求万县知事立杀船夫公会的首领。知事遵了洋大人的命，即于郝莱氏身死之次日，立予斩首二人；并还出了赏格，缉拿会首。万县军务长官——以统一中国自任的孚威上将军吴佩孚部下——也服从英国司令之要求，步行于郝莱氏的棺材之后，从江面起，直到万县内地会坟山为止，以为最大之道歉。自然，我们的那所谓"政府"，对于此事，更是落得如此了结，以图省事、以献"洋媚"！独不解万县的青年、重庆的青年、四川的青年、全中国的青年，对于英美帝国主义者如此强横地联合起来，欺压四川百姓、侮辱中国正式命官的举动，也就这样做了缄口的金人，而一任那帝国主义的彰明罪过如此消沉下去！

英国的议员尚知道为此事质问英国政府，北京《英文日报》尚知道谴责英舰司令此等行为是海盗土匪之魁首。何以上海各报竟相约不理此事？他们为临城案大吼的精神哪里去了？

（载《向导》第74期，署名：楚女）

吾人应正名流误国之罪

当此国际帝国主义，任意屠杀吾人之时，吾人所应为者，唯有力求正义，尽力抵抗。抵抗之时，只应打肿脸充胖子，以博最后的相当胜利。纵然自知力弱，要求不可过奢；然终不宜对外示弱，明言"我不能要求甲乙，只能仅求丙丁"——长他人之志气，灭自己之威风。梁启超、丁文江、江亢虎、胡适，乃至彼仅知什么某某腺颗粒之汤尔和等，虽然空冒"名流"之牌号，却也颇负愚者之仰望，出言为文，应该如何慎重？尔乃借机自炫，故为贬国之言；外为英国张目，内涣国人团结之气。今且不论其所言是否合理，而轻言误国要为罪不可逭。彼等如果真心为国，真欲防止国人趋于感情用事以致难于收束，则固不妨暗中条陈政府，提出其所谓"低调""冷静"之办法。或借其大学者大教授之地位广为演讲，于各校教室中劝导青年——而嘱其勿以讲稿公布。今乃长篇大论，喧腾中外，无非力言中国不应出于强硬而当好好驯伏。消极的破坏国人一鼓而前之勇，而失却督促政府之功；积极的则见好于英人，使英人得以窥破吾族虚怯之心，强硬压服到底！不顾国家前途利害，唯求造成一己之偶像以欺世——所谓卖国贼者，至于梁丁诸人，可谓极其变相之极矣！

爱国之士，其速正此等贱丈夫，言伪而辩，行伪而坚者自炫误国之罪！

（载《中国青年》第 85 期，署名：丑侣）

反抗"五卅"惨杀运动中所见的阶级斗争

这次"五卅"事，是一件什么意义的事件？

明明白白是一场紧张无比的超国界的、世界的"阶级斗争"！

看咧！杀中国工人的，是日本的资本家。奉日本资本主义之钧命而在青岛工厂中执行屠杀工人之任务的，是居在中国治者阶级，以掠夺中国平民为生活的海陆军阀（张宗昌和温树德）。在南京路上轰击中国徒手民众及以武装镇压中国爱国人民的，是在华各国资本家和中国资本主义纳税设立的工部局、纳税训练的万国义勇队、纳税豢养的巡捕。事情闹出了之后，反抗的是些什么人呢？无产阶级的工人，没有生活上利害之打算而感觉着社会制度之不平等的青年学生，不满意于大商买办阶级的各马路商界联合会，依赖于大商家为生而饱受资本主义之压迫的店员们。切实主张公道，预备以罢工之实力援助我们的，又是哪些人呢？各国的无产阶级、第三国际、莫斯科赤色职工国际——四十二国的代表工人的党派（左派社会党和共产党）、印度革命党、朝鲜兄弟们所组织的五百多个团体。虽然虚张声势，而事实上却不能不表同情于我们的，又是谁呢？第二国际、各国小资产阶级的社会民主党、半无产阶级的亚姆斯特丹黄色职工国际。受我们的讲演之感动，帮同我们维持对外罢工，竭力供奉茶水安慰我们游行示威之疲劳的——是穷苦的小商人、学徒、兵士、警察、水兵（南京有一水兵，自言系应瑞舰上者，特为帮助学生反抗五卅惨杀，请假一月）、洋车夫、木匠、皮匠等手工业者。捐款捐得很自然、很热烈，而不像东南大学副校长任鸿儁博士，只以大铜元十七枚敷衍我们的（据东大学生会所宣布），是奉军中的兵、南京城里的乞丐、未满十五岁的穷苦人家的国民小学生、东南大学的校役们。气愤自杀、以身殉国的——是男女青年、学徒、小商人、工人的儿子、俸给生活者。

　　反之，被学生工人包围着，跪求了一两点钟，而犹不肯签字罢市的，是会说洋话的总买办方椒伯。故意不提工商学联合会十七条原案，而为英国人做内奸，以减轻的十三条件付诸交涉员的，是完全代表中国大商阶级——即与洋商往来最大的中国资本主义——的"上海总商会"。与海员罢工刚刚成一反照，借了"华商"之名，于举国痛哭国亡无日之时，而犹替日本人运海带入长江的，是大财东虞和德所开的"三北公司"。甘心订立条约，以不登不利于英美烟公司之文字为条件，违反全国民意，故意替"大英牌"留下空白广告地位；借口"克劳广告公司送来"，替英国帝国主义登载"诚言"的，是绅阀而兼财阀的史量才等所有的《申报》《新闻报》。挂中国报纸招牌，而实际上代表了美国侦探福开森，去操纵日报公会，以致凡是有利于中国而表现此次事变之不公道的文稿，一概不得登出于上海新闻界的，也是资本家集股所开的《新闻报》。压迫学生，不许学生爱国，枪毙爱国志士，明为帝国主义作伥的，是治者阶级的萧耀南、王永江、杨森、王陵基、邢士廉、李景林。高唱"缩小范围""就事论事""法律解决"，以涣散国人对外之气，故使英人知我怯懦，使卖国政府有所借口而让步的，是属于生活优裕的绅士阶级的梁启超、张君励、丁文江、胡适之、江亢虎、汤尔和。

实行勾结军阀官僚、操纵教职员联合会（上海）、操纵人民外交组织（南京）的，是一般饭碗教育派，"我们巡帅"派的教职员（曹慕管说："学生所提条件，如尽能达到，则此后学生，将更扩大势力而闹事了！"他们是宁可亡国，不愿学生扩大势力的）。

还有，假使这次运动，若没有各地三十万人的大罢工，英日帝国主义者便能就这样平复了吗？虽然他们还是在强硬。我们若没有这一大劳动阶级站在阵线上，就能够使这件事震动世界，使一般社会都认这事是一个世界的问题了吗？我们若不能在五月卅一日，用了迅速的手段，叫各华商工厂罢工，使一般大商买办阶级感着利害痛苦；则六月一日的上海大罢市，又何能像那样很敏捷地使之实现？而且，我们正因为没有能够在五月卅一日，使得上海租界中的电灯自来水罢工；所以到底总不能在短时期内制服英国帝国主义。假使我们若能于五月卅一日，使全上海成为一个"黑暗世界"，则代表英国帝国主义的领事和巡捕房，在那两天或者也不能像那样硬法；而六国委员会或者又另是一个态度了吧？

国家主义派，睡在他们自己的幻觉世界里，始终被他们自己的现实生活蒙蔽着——硬咬定了在世界的社会革命尚未实现之时，便有所谓"各阶级融和一致的国家"。他们不看事实，纯凭自己脑中所幻成的、抽象的、空的理论方程式瞎说。他们不知道"阶级"和"国家"是两个绝对矛盾，而又系同始同终相并存亡的东西。有国家时，便有阶级；无阶级时，便无国家——国家起于阶级的分化，即甲阶级在一个族类的生活团体中，地位超过于其他阶级时，所用以制服其他一切阶级以保其优越地位的一个工具；阶级的存在，是由国家制度保证它存在的。只要有"国家"存在，人与人之间的相互关系，便总是不能协和而永远冲突的。所以"国家"和"阶级调和"这两个概念，刚刚是绝对矛盾的。要得人类协调过日子，除非消灭阶级；要得消灭阶级，除非消灭国家。只有无国家的时代，才无阶级；唯其是无阶级的时候，才无国家。九万五千（？）年前，原始共产时代，尚无国家，所以也就无阶级。×年以后，社会主义实现时代，既已没有了阶级，所以也自然没有了国家。因为国家主义派对于这种很明显的理论，不肯从唯物的历史观察上和眼前的实在事实上去虚心研究，他们就不晓得"阶级"是反"国家"的，是反"国家主义"的，而且是反"民族独立"的。虞和德、方椒伯、萧耀南、王陵基以及所谓上海总商会的伦理观念，只有"如何与我有利"一语。他们宁可亡国——只要外人的利益和他们的利益是一致的。他们不愿牺牲自己的利益，以利全国国民。他们——军阀、官僚、政客、名流、绅士、买办、教职员——是和侵略中国、压迫中国的帝国主义站在一条线上的。事实摆在鼻子尖上，亘古今中外，只有各阶级互相杀伐、各争自己阶级利益的国家，决没有"各阶级融和一致的国家"，更没有"各阶级的国家主义"！

伟大的阶级斗争，教训中国人益发感觉得世界的社会革命是产生正义的催生妇了！有志于拥护人道，要求人间完满幸福之实现的朋友们！你们既在这次运动中，得到了这样的教训，这样的经验，当然应该知道我们今后的革命的基本工作，要在哪一方面着手。

组织一切下层被压迫阶级——农人、工人、兵士、小商人、店员、学生——成一条国民革命的坚固的联合战线！

联合世界被压迫阶级，和一般弱小民族，组成一条世界革命坚固的联合战线！

尤其要紧的,是训练农工兵士时时做经济的阶级斗争,扩大无产阶级革命的力量与燃烧性!

(载《中国青年》第86期,署名:楚女)

从九七纪念中看出的五卅运动的价值

今天是九月七日,九月七日是我们中华民族开始成为国际帝国主义者共同的奴隶的一天——即《辛丑条约》签字之日。《辛丑条约》是北方农民群众——义和团——反抗帝国主义的侵略与压迫的早期的国民革命运动之结果。所以我们今天纪念这个列强共同宰割中国的国耻,就应当首先明了义和团运动的意义。

中国是中国人的中国。中国人自然有权允许一个客人走进大门或拒绝一个客人、驱逐一个客人使之他去。帝国主义者挟了它们的优势武力侵入中国,今日迫得中国割地赔款,明日迫得中国赔款割地;干涉中国一切行政司法,庇护恶霸盗匪,欺压无辜良民。在一百摄氏度沸水中被帝国主义的势力搅得翻腾不已的北方农民,不得已而打出了"灭洋"的口号——举行了中国历史上小说的侠义式的农民暴动。只是他们当时,缺乏了革命的训练,不知道反抗运动的有效方法和策略。自然,他们的失败是命定的!迷信见了科学,也和手工业见了机械工业一样,只有如枯叶遇着秋风一般——破产。然而绝不能说他们那次举动是无意识的野蛮。他们的心地之可敬,他们要求平等、自由、博爱的动机,是和一七八九年的巴黎大革命一样的。对于"义和团"的浪漫的革命精神，我们虽然应该取为过去的经验，而加以方法上之别择，却绝不能不歌颂他们的伟大与光荣。我们应该坦白地承认义和团是我们民族的有意识的排外。倘若中国还是世界上一个完全独立的民族，他就应该有权排外；应该为了拥护他自己的民族生存、国家独立，而有自由排外之权。帝国主义者——《辛丑条约》——所加于我们的惩罚，乃是残暴之中的更精粹的残暴；我们一点也不该承受。我们应该使那些激起我们民族愤怒的各帝国主义者，赔偿我们的财产生命之损失。我们不应该否认自己的独立，去承认《辛丑条约》——把自己做成一个"奴隶卖身券"中永不能翻身的奴隶！有一般昏蛋，也帮着帝国主义者狂喊，说什么："义和团是野蛮排外，是应受惩罚，不过九万八千万的赔款太多了——惩罚太重了！"自己装着煞像一个无耻的"文明人"，承认自己的祖父是盗贼！我们对于这种人，应该痛加纠正。中国人并不背理——义和团乃是中国人对于"中国人"应有的伦理、应尽的义务。一个钱的赔款，也不应该有！只应该在正义和人道面前，凭着公理，责令帝国主义者受我们的相当惩罚！所以我们今天的国耻纪念口号是：

否认庚子赔款——中国并不欠任何列强一个钱的债！

废除《辛丑条约》及一切不平等条约！

我们要认清楚，我们反对《辛丑条约》，在实际上便无异于是做我们的"复国运动"。因为《辛丑条约》所给我们的影响太大了！它对我们简直无异凡尔赛和会之对于德意志——它把我们做了一个被征服的战利品看待：撤尽我们的国防——如大沽炮台等；划定东交民巷的使馆界，用千古以来，世界万国所未有的奇例——俨然国中有国；强迫我们缴纳九万八千余万两的赔款——罚及三十九年后未出生的小孩；以海关关税及内地国税税收做抵押，使中国的财政海关管理权，完全落于帝国主义者之手——比道威斯计划尤为酷毒。的的确确从辛丑年起，列强在远东才成功了利益一致的共同联合，开始了中国的国际共管，使中国成了国际公有的殖民地！我们推翻这个条约，便是等于朝鲜人恢复朝鲜，印度人恢复印度！不然，我们便做了"亡国的"犹太民族——虽然现在还没有完全冻死、饿死！

我们要感谢二十六年前的义和团的反帝国主义运动之伟大精神，使我们中国在帝国主义——《辛丑条约》高压之下，一切政治经济的自然变迁中，造成了无产阶级登政治舞台的序幕。试看帝国主义者对付五卅事件，已经何等的不同。它已不能认南京路上的中国民众为单纯的野蛮乌合之众——它已知道中国无产阶级有了政治觉悟和经济的有力组织。从青岛纱厂中的阶级斗争起，上海、香港、广州、厦门、天津、汉口、南京、北京、重庆乃至全中国的一切冲突。屠杀、罢工、示威，有哪一处不是中国的无产阶级立在经济斗争的前阵？现在，各地的屠杀案，虽然还没有得到交涉的结果；但帝国主义者在中国无产阶级和中国青年之前，确实是已提着裤子发抖了！故从这次五卅运动看来，可见中国的国民革命，是可以由无产阶级做指挥而领率一般民众去奋斗的。可见无产阶级有组织、有政治意识、有战斗力量的革命，比那无组织的落后的农民运动的力量要大得多，范围也广得多，意义更深得多——从此经验告诉我们，中国无产阶级是中国国民革命的中坚，而"组织"和"政治意识"是一种革命成功的要素。

反转过来我们再观察一下二十六年来帝国主义方面的联合势力，现在却是怎样？辛丑当时，帝国主义能够联合一致，以兵力征服中国，现在他们的一致却难过百倍了；对于中国人的屠杀威吓没有效力了！辛丑当时，它们能强迫我们订立亡国条约、索取巨额赔款，现在它们却不得不重提华会协定，反而表示可以□税，甚至于可以讨论关税自主，甚至于说它们也同情于修改不平等条约了！这表示什么？这表示中国民众的力量，已经不是从前那样子的了！在中国这块半殖民地上，已经有了几百万有组织的劳动阶级做一般民众的先锋！无产阶级崛起以后中国的国民革命力量，已经不可轻侮了！现今中国民族的解放运动，已经得着各国无产阶级及一般被压迫民族的同情和赞助了！

故义和团的反帝运动，结果是帝国主义趁势更加进攻（这自然不单是因为原始农民运动没有力量，而且是因为当时汉奸非常之多，政府又不是人民的）。至于五卅运动呢？那便不同了！庚子辛丑之际，一般帮助帝国主义者骂义和团是匪徒是野蛮人的，都得到"文明的新人物"之尊称；而现时一般骂五卅运动是暴徒是赤化的，破坏压迫工人学生团体的，则已被社会公认是帝国主义的走狗了！可是这些走狗——大之如奉系军阀，小之如上海工团联合会的工贼及暗杀的凶徒等，他们的实力还是非常之大。张作霖派的军阀在奉天、天津、青岛、上海帮着帝国主义残杀压迫工人、学生及商人；上海一般工贼，打毁总工会、谋害工会职员；河南资本家穆藕初雇用流氓打手，捣毁工人工会、打死京汉路工人；广州反革命派暗杀廖仲恺。五卅运动所以不能再往前有很大的发展，所以只能得到日本厂主方面极少极小的让步；规模□□伟大的五卅运动之所以只能争到帝国主义者答应开所谓"关税会议"——就完全是因为国内种种国贼、军阀、工贼的势力帮助帝国主义者压迫我们；完全是因为中国没有统一的人民政府、没有统一正确拥护人民权利的军队。要五卅运动能够再往前发展，那就必须继续壮大民众的力量。固然，五卅运动与义和团运动不同，它是有无产阶级领导的；五卅运动比起义和团运动来，始终已经有些效果。——日本帝国主义单独来要求解决，以至于不能不承认所谓中国政府的工会条例；承认屠杀顾正红等凶手应该惩办；至少口头已允许增加工资……美国帝国主义，也极口赞成关税会议；

英国的强硬也不过只能以延宕沪汉等案为手段，再不敢猛烈反攻了！然而到现在这样就能使帝国主义者实行让步，使中国得着完全的解放了吗？那却还差得远呢！中国既然因为几十万无产阶级的团结奋斗而能暂时阻止帝国主义之直接进攻，那么，要使我们的解放运动完全胜利，便应当更用力地发展中国无产阶级的势力，发展一般的民众力量，排除一切反动的及帝国主义的走狗。那时才能废除《辛丑条约》，才能打破帝国主义束缚中国的一切锁链！

因此，我们在这九七纪念中，应该要求：

一 工会组织自由，一般民众应该赞助工人的组织。

二 工人阶级和被压迫阶级联合一致，反对一切帝国主义的走狗——军阀、工贼、买办；平民应有武装自卫之权。

三 民众起来要求召集真正人民的国民会议。

四 建立统一的真正的平民共和国，组织统一的国民革命军。

五 要求完全的关税自主，废除一切不平等条约。

只有这样，五卅运动才能继续发展，实行推翻《辛丑条约》及一切不平等条约。

（载《中州评论》第 2 期，署名：楚女）

谁叫醒狮派人学李汉俊

（此文本系一通讯，曾寄《醒狮》，请它登载）

第三十九期《醒狮》笔枪墨剑中，有文德先生《共产党人竟要我们学李汉俊了》一文，系对于我上月二十五日在南京《人权日报》上所作的《阶级斗争与我们的基本工作》一文，有所指正。文德君把我那篇文的正意主旨完全丢开不提一字，唯一口咬定说我要醒狮派的朋友学李汉俊，我觉得这是文德君看我的文章看误会了——不得不申辩几句，以代更正。我那篇文的意思，是劝醒狮派的朋友，不要空谈理论，专只以"醒狮"做门面，要去和我们一路做实际工作。不过我的比譬没有取好——不该取李汉俊以逼李璜，致使文德君误会。文德君所说李汉俊的种种行动，我决不否认，我也知道李汉俊并不是个社会运动家。我的意思，是说："你们的李璜，单只坐着空吹，连一个李汉俊都不如——汉俊所做的不问是为社会还是为自己，然而他总算是已遭人忌；不遭人忌是庸才，醒狮派专说空话，实际上只落得官场喜欢，成了默许的御用党，并李汉俊而不如，乃醒狮派之大耻！"所以我在那文中说："正当的光荣与正常的价值，不在周报销数达到一万八千份；而在于实行工作，使你们的李璜先生和李汉俊先生一样，不能见容于萧耀南，不能见容于武昌师范大学而被通缉。"又说："我希望我们的醒狮派朋友，从此丢开坐而论道的'笔'，脱下西装，走出洋房和大学讲室，不要用牙箸吃饭，不要再想着在巴黎时每天至少吃四佛郎啡咖的绅士生活（李璜先生在汉口亲口对于朋友周弗陵君说他的生活是如此），和我们来做基本工作。"李汉俊是否真被通缉我不知道，但报纸上确实是登载过他被通缉。我的原文，并没有说李汉俊是"我们的李汉俊"；更没有一点意思表示汉口惨案和李汉俊有关。我并不畏惧醒狮派劈头加我以"共产党员"四字；因为我久已就在四川明白宣言过，我是个信仰共产主义而反对即在目前中国施行共产政治的人（左舜生先生曾引我此语在三十二期《醒狮》上驳恽代英）。不过文德君故意指我之文有"我们的李汉俊"这个意思，则未免太失著作者公平之态。文德君又说从我的文中，可以"显出汉口这次事变是李党的功，可以向苏俄领津贴"；则其口气不但活像萧耀南，而且活像英国帝国主义。文德君以如此深文周纳的老讼师手段和人辩论，纵然不惜著作家的道德，也当稍稍顾及国家前途。现在英国人正要说此次沪汉之事有苏俄在背后，乃代表中国国家主义之正式机关报，竟不惜深文周纳为之证实！文德君之意，不过要使官厅看见了文德君之文，好将我们当作共产党捉去，以出醒狮之气而已（醒狮派的第一狠处，便是先将你指为"共产党"而将自己站在治者阶级那一边以便使辩论者居于一种"被压迫者"的地位）！然而也未免太意气用事而不顾国家了吧！我奉劝文德君和醒狮派朋友，要顾全一点著作家言论家应有的道德，勿存陷害敌手之心，勿造无中生有之言——硬刀硬枪，和人说事实、说理，才是角色。

我声明我并未承认李汉俊是我们的同志（他早已有他个人的行动），我并未有意思叫醒狮派的朋友去学李汉俊；我只有一个意思，便是问你们醒狮派，除了作几篇空文之外究竟做了一点什么？我是叫你们不要空谈国家、空谈改革，要实地去做出一些事来给我们看！这一点，我希望勇敢的文德君不要装聋，不要躲闪，不要丢下不理，好好地堂堂正正地赐教于我。最后，我忠告醒狮派朋友，你们正不必把和你们辩论的人，都指为共产党，他们就因为和你们辩论而被现今的军阀捉去杀了，也并不是你们什么可以引为光荣的事！朋友！为国珍重！

（载《中国青年》第 86 期，署名：楚女）

显微镜下之醒狮派

一 "国家主义的教育"

《醒狮》第一期，平公论《内乱与教育的根本问题》，最后的结论说："在无宗旨无气节之教育家之下无教育。"又，第二期，曾琦的《"内除国贼外抗强权"释义》，说"国贼之种类"有"（卯）朝三暮四，寡廉鲜耻之政客；（未）欺世盗名，不负责任之乡愿"。以《醒狮》自己所说的去衡量东南大学的教育，衡量郭秉文、蒋维乔等之为人，我想至少也总要承认在东大之下无教育，承认郭、蒋等是"国贼"吧？谓予不信，请看左舜生君在《醒狮》第十八期上《论东大事答客问》中说："照我们的观察，中国的政党并没有侵入教育界，但教育界自身却是已经有了党了！他们避党之名，居党之实，把持教育机关，操纵教育团体，进一步，利用报馆，联络银行；再进一步，勾结军阀，假借外力；虚名所在，不妨让之名流，实利所在，必暗中飞跃，决不放过。"然而今年暑假少年中国学会在南京开年会，正值黄炎培系以教阀势力迫胁郑谦，使蒋维乔攫得东大代理校长之时；蒋怕他们——曾琦、李璜、陈启天、余家菊等捣乱，连忙请他们讲演，表示愿聘他们为"教授"。当时有人叫他们审慎行动，以符《醒狮》二十七期上曾琦答复东大学生李众华等质问他们被东大教授陈逸凡收买的话。那原文是说："本报（《醒狮》）根本企图，在'矫正学风、廓清学阀'；同人对于学阀素有研究（！），颇知实力所在，所谓百足之虫，死而不僵；同人正在静观变化，研究学阀操纵把持之术（注意！），究竟如何……"左舜生却直劝李璜受聘，说："我们是受的东大的聘，与蒋维乔个人不相干！"（此语系他们同派的国家主义者穆济波先生当面告诉我的）于是九月十日《时事新报》"教育界"中在"东大教授除秉志、陆志苇……陈逸凡、徐则陵等数十人外，兹闻下期各科系又已聘得教授二十余人，均国内名硕……"之下，紧接着就有"余家菊"先生（教授教育概论等科）之名了；又《醒狮》第四十一期上载"国家教育协会"简章第八条说："本会会员对于本会有下列各种权利……（乙）于相当'机会'时介绍职业……"

呜呼（这是曾琦先生的老调子）！"国家主义的教育"！

二　"有几个是实行家"

李璜先生在《醒狮》第八期上，解释他所主张的"国家主义的野战法"，并举出这些野战法的"屡屡生了效果的""先例"是："同盟会在光、宣之际，对于满清便取这个手段！当时只有几十个铁血男儿不安于现状，认定满清非倒，汉族必无翻身之日。他们便不惜头颅，每省分几个去做锄奸运动。诸君当然记得徐锡麟，诸君当然记得唐才常，诸君当然记得黄花岗七十二烈士……今天恩铭被炸，明天李准被炸，从北京以至广东，无处不有炸弹之声……辛亥革命只是几个人一哄，各省总督便纷纷逃窜，满清便逊了位。这个功是要归之于做暗杀运动的诸先烈，先把满清二百多年的天下弄成了个危局，满清多年豢养的走狗弄得'谭虎色变'，所以一闻武昌起义，大家便跑了！"李璜先生这种野战法，在我们不但不敢赞成——并且还要反对。不过李璜先生既然"算来算去只有这一条路才打得通"，若他能自己就去做这"锄奸"运动，我们却亦不能不予以一种客气的赞成。在一切的革命方法中，只有"暗杀"方法，要算是最简单而又最容易随着个人的意志去实施的了。它既然不要大的群众组织，又无须乎多的金钱设备。所谓"伏尸一人，流血五步"——只要实行者有一个"决心"便够！但是，李璜先生——乃至国家主义派主张暗杀的一切先生们，现在所在的地方，该有几多"奸"？不说别的，只说李璜先生现在武昌师大教书，国贼萧耀南不就在他的眼前吗？李璜先生说："我不相信同盟会诸烈的精神至于今日便一点儿也不存在！"是的，我也不相信！李璜先生正可以"自身"去"不惜头颅"，为我们证实这个"不相信"呀！李璜先生！我们当然记得徐锡麟，记得唐才常，记得黄花岗七十二烈士！将来或许尤其要记得你这个"李璜先生"！不过我们却在单纯地记得之外，还记得徐锡麟、唐才常，以至七十二烈士们，在他们尚未实行暗杀之先，并没有像李璜先生这样大贴仁丹广告。李璜先生！革命是危险的，他不但要牺牲博士饭碗，而且还要牺牲学者的性命；他并不像"法国文学史"可以随便谈谈，由你提倡一个什么"未来派""大大派"就可算事的。呼喊革命、呼喊暗杀的人，应该站在革命暗杀的尖兵地位！像李璜先生这样居在武昌，眼望着萧耀南摧残武汉爱国运动，帮助英日帝国主义者作伥——眼望着"强权""国贼"张牙舞爪,却连攻击他们的文章都没有做过一篇在《醒狮》上发表,即连自己的名字都不敢拿出去与国贼一见!暗杀!锄奸!所谓"以知识阶级为中心领导的全民革命"原来就是如此!《醒狮》第一期,李璜先生的同志灵光先生说得好:"中国目前不少新文化大家,乃至主张什么主义大家,说来都未尝不言之成理,持之有故;而结果一般青年都被他弄得一塌糊涂。我在各种诗文乃至演说中读过不少……'推倒军阀、暗杀、手枪、炸弹'一类的话;但试问作过这些诗文,乃至于说过这些话的人,有几个是实行家?自己不去实行,只是空口说白话;那么他的主义、他的主张,再如何正大,他的方法,再如何良好,有谁肯听他的引导呢?"我们希望李璜先生,好好地接受灵光先生这个教训!我们"俄国走狗"静待李璜先生为我们排演他自己的拿手好戏——锄奸暗杀!我们晓得现在有许多安那其也正在那里闷气不作声地主张暗杀;所以我们又希望醒狮派尊重自己,不要待得人家做出来了,却引为是"《醒狮》销数达到一万余份"的效力!

三　曾琦自己打耳刮子——甘脆而且响亮

《醒狮》第七期,曾琦在《评国民党对于时局之宣言及其态度》中说:"该党之所标甚是,而所行则非,手段往往与其目的相反,历来之失败在此;吾人实为惜之!窃以为该党果欲实践所言,则对内宜与一切军阀断绝关系,而专力于民众之组织;对外宜与一切列强断绝关系,而丝毫不假外援。换言之,即实行吾人(注意!)夙所主张之'对内的非妥协主义'与'对外的非亲善主义'是也。"但曾琦老先生却又在《醒狮》第三十五期"外抗强权之战略"中，列举抵抗强权之方法：

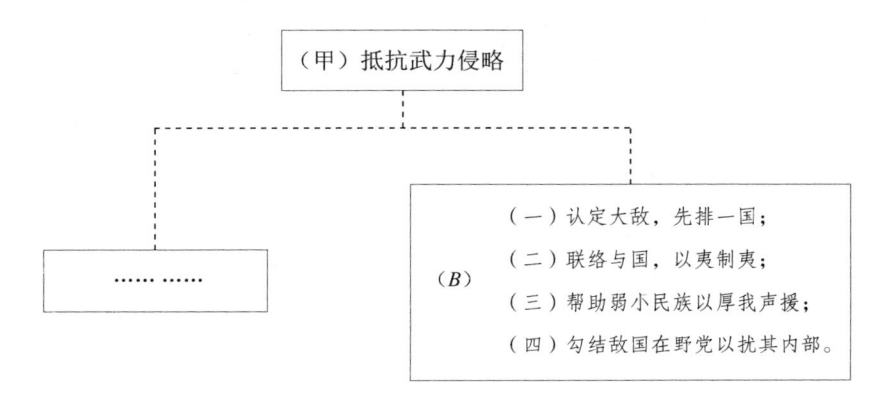

```
        ┌─────────────────────┐
        │ （甲）抵抗武力侵略   │
        └─────────────────────┘
         ┌──────────┴──────────┐
┌────────────┐      ┌──────────────────────────────┐
│            │      │     （一）认定大敌，先排一国； │
│  ……        │      │ （B）（二）联络与国，以夷制夷； │
│            │      │     （三）帮助弱小民族以厚我声援；│
│            │      │     （四）勾结敌国在野党以扰其内部。│
└────────────┘      └──────────────────────────────┘
```

然而曾琦先生在《醒狮》第三十七期《国人宜断绝两种无聊的希望》中，却又说："若夫希望外人仗义，尤为无聊之极……吾人只能冀各国因利害冲突而互相牵制，万不可呼将伯于列强，希望他人之仗义，而转自懈其同仇敌忾之心也！至于各国之'劳动党''社会党'与夫二三文人学士，偶有发表同情于我之言，亦不过'秀才人情纸半张'，实际并无大效……断不能坐待敌国'在野党'之援助……唯有努力从事于……'外抗强权、内除国贼'；一切无聊之希望，愿与国人共绝之也！"

四　阶级合作与阶级斗争

《醒狮》第四期，陈启天先生的《醒狮运动发端》中，说："在国家主义的旗帜下，无论何种职业的国民均可一致趋赴，协力图强；否则阶级划分，争斗益烈，国内混乱时局无由廓清，而国际干涉的惨祸终难幸免。"《醒狮》第二十三期，陈启天又说："我以为对内应否和衷共济，当以国人是否破坏国家的统一为条件……不破坏国家统一的，就与他和衷共济；破坏国家统一的，就不应和他和衷共济；那就是说应'内除国贼'……"醒狮派以这么正大的理由反对他人主张阶级斗争——说他人主张阶级斗争，是分散了国内革命的力量——自然是对的！然而又岂奈那"在国家主义旗帜之下"的各种职业的阶级，却故意地要和醒狮派捣乱，要故意地不"一致趋赴"、不"和衷共济"何？请看醒狮派同志自己怎么样说，《醒狮》第十四期张介石先生说："大商则不过于持筹握算以外，犹能交结官府，送旧迎新而已！至于对于外资之跋扈、政府之凶横，则俯首帖耳、逆来顺受而已。"这已足证明在"国家"这个标的之下，各阶级并不能"一致趋赴"。而《醒狮》第四十三期，胡瑞荣先生致"慕韩兄"的书中说："中国人缺乏革命性，安于守旧而惮于破坏，可与乐成而难与图始；而尤以'绅''商'阶级为甚！此两阶级在社会上颇具势力，常能指挥其他之各阶级而与军阀妥协。故人民虽痛恨军阀而不能与之反抗者，皆此辈在其间作缓冲也。故我辈今日欲'除国贼'，宜先向两阶级劝导，使其向军阀绝缘。若不听命，则向其进攻，先去军阀之爪牙，然后易于打倒也……"则更是明明白白说绅商阶级的实质，是个"破坏国家统一"而不能"和衷共济"的东西——主张在他们不听劝而又不觉悟时应该"向之进攻"了！然而曾琦先生却要说："惟吾人所异于共产党者，即该党主张'阶级斗争'，绝不容有绅商阶级存在，吾人主张'阶级合作'，苟彼等而能觉悟，断不绝人为善耳！"原来醒狮派在绅商阶级不听醒狮之命而与军阀妥协破坏统一之时所下的"进攻"，却不叫作"阶级斗争"而名为"阶级合作"！假使今后有人专来提倡醒狮派的这种"阶级合作"，不知醒狮派还骂他们是受了俄国的津贴——或者月给十七元（其实，月给十七元五角也未必不可，醒狮派乃调查得如此清白），或者岁支三十元——的作用否？好！这样的"阶级合作"，当然是可以在国家主义旗帜之下存在的，而且也是在国家主义旗帜之下必然应有、必然不免的。原来醒狮派和"俄国走狗"并没有什么不同！不过醒狮派不敢用"斗争"这两个骇人听闻的名词，而易以欺己欺人的"合作"两字罢了！至于说共产党虽"绝对不许绅商阶级存在"，其实共产党也并不是不容许这样的人存在，正如醒狮派所谓苟彼而能觉悟，断不绝人为善一样。共产党之所以要以阶级斗争去消灭一切阶级的目的，也正是为的要把全人类弄成功这种的"人"呀！譬如俄国帝制时代的许多绅商阶级，有的自甘放弃了绅商阶级的生活（即破坏统一的阶级性），已经不是绅商阶级，所以现在都在俄国国内当着快活的共产社会之一分子；有的仍然尚不能有曾琦先生所要求的那种"而能觉悟"，依然还坚持着绅商阶级的人生观，所以就被俄国政府仿效了曾琦先生的办法，所谓"在彼等未彻底觉悟，完全与军阀（帝制和外国帝国主义）绝缘以前，决不停止进攻"。所以就有许多"白党"流离在外，要惹得胡国伟先生远从巴黎写信者给《醒狮》第四十一期，说："有一俄国难民，携一幼妹，逃来巴黎做工，每见华人，便泣告以：'其家九口被中国红军杀死者七！'"（至于这难民的话是否属实，可以不问；好在他是反对赤俄的人，所以大概总是实在的！）

五　左手之矛直攻右手之盾的醒狮派（一）

李璜先生在《醒狮》第八期中，主张："我们决心要革国内军阀的命、国外洋大人的命……唯一的下手办法，便是靠群众力量，得着多数的分子，怀一致的理想，抱一样的精神，去与军阀和洋人'野战'，先使他们应接不暇，以致他们内部造成了恐怖现象，然后我们才说得上夺取他们的政权。"他的"野战法"，便是像他所举的"先例"——那些徐锡麟、唐才常所行的手枪炸弹之"暗杀"。然而灵光先生却又在《醒狮》第十八期上说："在革命期中，我们对于外国一切之既成条约（那些保护洋人生命财产的神圣条约当然也包含在内），均照旧遵守，俟实力充足之后，再来收回一切主权，取消一切不平等条约。"一个国家主义者，要我们学暗杀家徐锡麟，去造成洋人的恐怖现象；一个国家主义者，又要我们学"外崇国信"的段祺瑞，谨守奴隶卖身契上所写着的死亡命运！但《醒狮》第五十期上，却又特载一篇《旅法各界救国联合会告国人书》，对五卅案提出十二条件，内有撤退各国海陆军、收回租界、收回海关主权、撤废领事裁判权、收回租借地与割让地、废除一切不平等条约。

灵光先生在《醒狮》第二十三期上说："我们所主张的革命是政治革命，是全民革命，是先行对内，而不是即时主张什么反帝国主义。现在有许多人主张反帝国主义，谓一切军阀均是帝国主义的爪牙……但我要问一句，我们现在即行反对帝国主义……我们有得胜的希望没有……故我以为反帝国主义的第一步办法，是在于先剪帝国主义的爪牙；而且内政不清，未有能够对外的。"是的！"剪除帝国主义的爪牙"；"先清内政"！但曾琦先生却比我们看得清楚："是故军阀只能害国……其背后往往（注意！）各有外人之势力在，方且（注意！）假外力以固地盘。"是的！"先清内政"！主张反帝国主义的，都是俄国的走狗，"月给十七元或岁支三十元"的！请看你们这些不愿"老等世界平民革命"的非俄国走狗，怎么样去剪除那"方且假外力以固地盘"的帝国主义的爪牙！

李璜在《醒狮》第一期释国家主义中，说马克思以唯物观念解释"国性"、否认国性的说法太简单了——所以他的结论就自然而然地走到偏激地步。这是指马克思不该说国家是从人类经济生活中产生出来的，为此一胜利阶级用以治服其他阶级的工具而言。诚然，马克思这种唯物的说法，在唯心的李璜先生，当然是要痛恶的。然而李璜先生在同一文章中，却又说近代的"国性问题的显著，一半是由于拿破仑的压迫，一半还与当时的文化程度与交通的发达有关系，然后方才真正认识了彼此之不能苟同，彼此之不能受制"。在李璜先生，或者对于"拿破仑压迫""文化程度发达""交通发达"，都不认为是"生活"，是"物质环境"，是"经济"吧？其实，因为拿破仑压迫和文化交通之发达，使民族间产生了横的"分地而食"的国家观念，与因为资本生产制掠夺剩余价值之压迫，和文化交通及帝国主义争霸市场之纷扰的发展，使阶级间产生了直的"阶级革命"的必然事实——都是一样的一部无机的社会进化史之开展！

《醒狮》第二期曾琦说："吾人提倡国家主义，但为保护本国，初无干涉他国之意。'打倒国际资本帝国主义'一语，含有干涉他国内部组织之意，显然为一种世界革命。"但他却又在第三十五期上，主张"勾结敌国在野党以扰其内部"。醒狮派的国家主义，既是自保的而非侵入的，那便当然与欧美各国之国家主义不同。欧美各国之国家主义，是要在国家主义之上以军阀主义建立帝国主义的。所以刘文海就译帝国主义为"大国家主义"（他怕用帝国主义犯了俄国津贴的嫌疑）；所以就惹得余家菊先生急得面红筋涨汗流赶忙去骂刘文海，辩白说国家主义不是帝国主义。然而陈启天先生却在《醒狮》第四期上，偏偏要说："我们深信现在的世界虽异说横流，而主要的思潮仍为国家主义。英、法、日（注意！）三国固是国家主义弥漫全国；即美国的国际主义和俄国的共产主义也都是国家主义在背后做主。"

李璜先生在《醒狮》第四十六期《国家主义与世界大势及中国

问题》中说："事实明明白白告诉我们无所谓'国际的'帝国主义，在他们利害冲突、彼此吃醋之中，我们大可利用外交手腕，暂时联络法、美以抗英人……因此我们反对共产主义者高唱打倒一切帝国主义，老等世界平民革命，否认外交的功效。"但他接着在下面却又说："中国的问题，只有中国人全体一心自强自卫才能解决；亲日、亲美和亲任何帝国主义的国家固非解决之道……"

曾琦在第七期《醒狮》上说："对外宜与一切列强断绝关系，而丝毫不假外援……即实行吾人夙所主张之对外非亲善主义。"李璜却又反对共产党打倒一切帝国主义，而要讲求"外交的功效"！

六　左手之矛直攻右手之盾的醒狮派（二）

陈启天在第四十四期《醒狮》上说："合全国国民力量去打倒军阀，摆脱外国的压迫尚恐不足，哪有余力从事于世界经济革命？空呼几声打倒帝国主义，不惟表示国民浮浅无知，对于国事没有相当的步骤，反足引起外人的嫉心一致谋我。"原来"摆脱外国的压迫"与"打倒帝国主义"不同。原来在现在的世界情势中，要求中国从列强压迫中解放出来，要求中国从欧洲资本主义共同经营的"市场"地位上得到民族独立，还不是一种对于世界资本主义而行的经济革命。原来列强之"协以谋我"，乃是自从喊出了"打倒帝国主义"之后才有的。原来因为怕列强协以谋我，所以就要驯服承受帝国主义者之压迫；所以就要甘让帝国主义者存在。"我们没有余力去打倒帝国主义！"但不知醒狮派所羡称的土耳其之革命，是否就是一种打倒帝国主义的革命？但不知现在正在撑持中的里乎人，是否也是在那里打倒帝国主义？空喊打倒帝国主义，因此引得列强协以谋我！但不知"辛丑和约"是不是空喊打倒帝国主义的结果？但不知华盛顿"九国公约"是不是空喊打倒帝国主义的结果？

空喊打倒帝国主义的人是浅浮无知，只有作那"初由小群合成大群，合大群而成部落，后渐扩为市府，再扩而成国家；国家者，乃讲自卫谋生存发展之较大的团体也"的论文的人，才是真正深厚有知。

《醒狮》第十八期，灵光先生主张"在革命期中，我们对于外国一切之既成条约，均照旧遵守，俟实力充足后，再来要求废除一切不平等条约"；于是他便断定："我们的革命，只要不与他们所（？）一致的利害冲突，他们因为彼此的态度不能一致，对于我们的革命，绝对（注意！）不会伸手干涉，这实是我们肃清内政的好机会。"这是灵光先生的大发明，我们自然只有尊重。但请看！《醒狮》第七期郑伯奇先生由日本写回来的信："这回奉军背后有多少日本人？奉军危急时日本浪人（都是参谋本部和陆海军省的御用走狗）怎样着急？东京的国民大会就是这些军阀和军阀走狗一种恐慌的表示……冯玉祥的内应，把山海关的胜仗弄得首尾颠倒，一百四十万元的本钱，可以使冯玉祥唱这幕戏，毕竟张作霖是老手；《大阪每日新闻》说价钱便宜，日本出一半，也值得……""肃清内政的好机会"——"只要不与他们所一致的利害冲突"——"只要遵守一切既成条约"！灵光先生的新发明！

七　李璜在法螺中认亲戚

在每期的《醒狮》上，总少不了有一篇"呜呼！共产之祸也"的"哭头"。依照他的说法，现在的俄国，是比十九层地狱（？）的情形还要坏一万倍。"共产政治"在俄国已经差不多杨梅疮要冲上顶了——谁一靠近它，便是谁当宣布"死"的到来了！然而李璜先生吹法螺，却又要去拉这个洪水猛兽不可响迩的共产主义俄国——即醒狮派朝朝夕夕、孜孜汲汲生怕他用了阴谋以十七元一月买收青年赤化了中国的那个俄国——以为重。他说列宁采取新经济政策，就是承认他们的国家主义的经济政策为必要，大声吆喝着："总之，在这暂时，我们的国家主义的经济政策已经取他们（俄国）的共产主义的经济政策而代之了！"（见《醒狮》第十五期）我记得《阅微草堂笔记》上，说有一户人家，因为要旁人相信他的家世高贵，在他的母亲出丧时，写了一个长铭旌，大意是"头品顶戴兵部尚书左都御史太子太保总督××等处××大臣隔壁豆腐店王奶奶之柩"。李先生硬要在一般素来没有留心到经济学，没有把国家主义、国家社会主义、共产主义加过详细分析的《醒狮》读者之前，说列宁是李先生的"老表"，说俄国是醒狮派的"外家"，自然谁也无法干涉。不过俄国现在所行的，既然已是被你们"取而代之"的国家主义的经济政策——是你们所朝夕梦祷祈其实现而不得的国家主义；那么，中国人就都去受了俄国的十七元的津贴，立时把全部中国弄得"俄国化"，又有什么不好呢？《醒狮》上正应该另辟一栏，专门宣传那由你们取而代之的俄国新经济政策，而题其名曰"风起云涌之国家主义的团体"；再在下边系以注解，说："方今之赤俄，亦吾国家主义之一团体也！"（此注解最好请曾琦先生做）李先生！你不要太夸奖俄国过度了！小心你们所不愿打倒的——不敢去打倒的那些帝国主义者，在背后也把你们注入"红籍"，使得你们自从在巴黎和任卓宣们斗气到今，努力要把自己藏入"黑籍"的工作全部毁弃了！并且，一旦沾到了红的色彩，是最危险的——第一，恐陷你就不能再在大学当教授支薪水了——因为在资本主义伦理观尚未改变的时代，是不容有和共产主义的俄国做亲戚的博士的。

　　李璜先生说现今的俄国就是行的他们的国家主义的国家；这是在拥护国家主义的方面，在要人相信国家主义的时候说的。曾琦先生在暨南学校讲演，说"故今日俄国所行，乃一种社会政策，非共产主义也"；这也是在要人相信国家主义和要人不相信共产主义的时候说的。但在别的时候，俄国又变成了罗刹海市、夜叉之国。嘴是两块皮，只看资产阶级的工具们，喜欢如何说便如何说——只要有利于他们自己和他们所要拥护的阶级。

八　醒狮派的逻辑

　　曾琦在暨南学校讲演，说："则试问铁道国有制度，非共产党之所企图乎？而在中国则铁道国有之结果，乃为交通系所把持，无异于梁士诒之私有；此岂非道德不发达，不足以行共产之明证耶？"我现在谨效曾先生之方程式，为读者另说一段如下："德谟克拉西之议院政治，非醒狮派之所企图（者）乎？而在中国则议会政治之结果，乃为安福系及贿选猪仔所把持，无异于段祺瑞、曹锟之私家宅舍，此岂非道德不发达，不足以行国家主义而仍应度其原始的部落生活之明证耶？"

　　曾琦在同文中又说："盖欲试行共产主义，须（一）国防能力充足；（二）国际关系简单。"国际关系简单之国，却还需要国防能力充足；国防能力具备充足之国，却又能够使国际关系简单——这只好在柏拉图所著的书中去找；在眼前这个资本主义交互综错的世界上实在找不到——有之，或则在曾琦先生之脑中。

曾先生又说："孔子圣人，当年未七十以前，固犹无资格以参与无政府之社会也；吾辈常人，更何望哉！"依曾先生，则是无政府社会者，一群斩斩齐齐的耳聋眼花七十以上之"圣人"集合所也！以此人世间绝对不会有之条件，驳倒无政府主义者；信仰无政府主义的朋友们，宁有不心折而转入"吾之国家主义"者乎？

曾先生又说共产主义必需的精神条件有二："（一）共产观念普遍，必全国了解共产为何物，然后可以实行无阻；（二）公共道德发达，必人人奉公守法，然后分配可得其平。"难怪李璜先生向人说："我们以两年为理论时期，两年期满，再谈实行。"我初以他们必须两年为奇怪，为什么一年三百六十四日都不可以实行？原来他们是照他们在法国得学士的办法，是要有那多日子，才能毕业！可惜火星相隔太远，不能让我们遵着曾先生之教，将中国四万万同胞暂且搬到那上面去授课，待得人人了解共产、娴习法度之后，再回地球上来实行共产。但我也有一句话忠告曾先生，便是你们的国家主义理论时期，只定两年，恐怕太短。如果真要照曾先生所说先须使得人人都先明白国家主义，那么，虽然不必如孔子参加无政府社会，须至"七十而从心所欲不逾矩"；但至少怕也必须至"四十而不惑"吧？我的《论语》没有曾先生记得熟，还是请曾先生自己酌量！

九　一半儿空想一半儿妄

沈怡先生在《醒狮》第二十一期上，写信慕韩先生说："弟尝用空想，苟能组织一旅行团，尽捆载（小心这两字把人当了'物'，落了唯物主义的窠臼）今日国内争斗不已之军阀以西，使之周游各国，略睹他人进步奋斗之状，则至少可以换新几个头脑；更组织一旅行团，尽载今日为'共产''大同'之说所惑之青年，使之周游各国殖民地，稍领略弱小民族之苦况，至少当有一半可以醒悟。惜哉，其不可能也！"我们对于沈先生提议的后一半，非常欢迎。假使能够实现，我相信沈先生的主张可以帮助中国赤化加速，比俄国"月给十七元或岁支三十元"的力量要更大二百倍。对于前一半，我们只好忠告沈先生在那些游历各国的军阀归国之前，沈先生须先将家眷行李及祖宗坟墓搬出中国为妙——因为留学归来之武博士，比现在的将更会"爱身"——自然他们也很爱国，譬如游历欧洲的徐树铮，便时常有爱国的文章，而且有反对俄国的文章，在《申报》上发表；自然他的头脑是"换新"了不少！

十　"国际资本帝国主义问题"与醒狮派之原形

　　曾琦先生不懂"国际资本帝国主义"，在《醒狮》第二期上说："今世界亦但有'英吉利资本帝国''法兰西资本帝国''美利坚资本帝国''日本资本帝国'，无所谓'国际资本帝国主义'。何则，彼等之利害冲突，固无日不在暗斗之中也。所谓'打倒国际资本帝国主义'一语，乃自实行共产主义之苏俄（按曾琦先生在《醒狮》第三十四期上说：'今日俄国所行，乃一种社会政策，非共产主义也。'）发出，彼以共产之眼光观察世界列强，根本制度相反，自宜视为一丘之貉……"原来现在的"列强"，在非共产主义者曾琦心目中，还不是"一丘之貉"。原来因为日、法、英、美时时冲突，所以就只有某某资本帝国，而没有国际资本帝国主义。但不知在临城案中，提出一致要求的，是不是那些曾琦所说的非国际资本帝国主义的"亦但有某某资本帝国"的日、法、英、美？但不知"彼等之利害冲突"，有不有时候也可以"利害一致"？但不知我们所常用的什么"国际贸易""国际贸易政策"这些名词中的"国际"字样又如何解释？大概也是那"实行共产主义的苏俄"硬造出来，乱加上去的吧？有国际贸易而无国际资本帝国主义，唯一的原因便是国际贸易的名词不是苏俄发出来的，所以就"有"；而国际帝国主义的名词是由苏俄发出来的，所以就"没有"。

醒狮派的唯一口号，是"外抗强权"。但《醒狮》第十八期上却说："在革命期中，我们对于外国一切之既成条约，均照旧遵守，俟实力充足之后，再来收回一切主权，取消一切不平等条约。"原来醒狮派的外抗强权，是和段祺瑞的"外崇国信"一样的。"照旧遵守一切既成条约"，这便是醒狮派"大无畏"的外抗强权！难怪要说"打倒帝国主义"是共产主义的俄国用钱买了我们来作祟的了！第十八期《醒狮》上又说："我们现在即行反对帝国主义，我们得不得与外国宣战？我们于实力未充足之前，我们即行如是，我们有得胜的希望没有？"原来醒狮派是"有"实力"外抗强权"，而"没有"实力"打倒帝国主义"的。原来"打倒帝国主义"，并不是"外抗强权"之一种。原来醒狮派的"外抗强权"，是与"打倒帝国主义"的方法不同的——他们虽"抗"，却不至于像打倒帝国主义者那样要弄得与外国宣战。原来凡一说到打倒帝国主义，那是就须与外国宣战——若不与外国宣战，就不能算是反对帝国主义的。原来醒狮派的"外抗强权"是只说着玩而不实行的——因为他认为现在还是应当遵守一切既成条约的时代。原来因为我们还没有得胜的希望，所以就只能说"外抗强权"，而不能说"打倒国际帝国主义"。朋友！李璜说我们在中国提倡共产主义是太早了！你们现在"于我们实力未行充足之前",即在《醒狮》上大吹大擂的"外抗强权",不也太嫌"早"了吗?

曾琦先生说(《醒狮》第二期):"打倒国际资本帝国主义一语,含有干涉他国内部组织之意。"外国人用"资本帝国主义"侵略我们,我们要去打倒他所用的这个"主义",逼着他对待我们另换一个"主义"——何至于就是"干涉他国内部组织"?照曾琦的"宋襄公主义"说,那么,我们对于外国资本家在中国所行的"资本移植"政策,也不应当反对了!因为"资本移植"政策,就是国际资本帝国主义具体表现得最露骨、最厉害的一种侵略,我们若要去反对他,那便是去"干涉他国内部组织"了!呜呼!醒狮派的"外抗强权"!外国这样来侵略我们,压迫我们,政治的、经济的、文化的,各方面把我们桎梏得连气也出不来——上海、广州、汉口、重庆、南京的同胞,让他们用了达伊尔主义任意屠杀;我们还不应当去"及汝偕亡"地向帝国主义进攻!就是去干涉他国内部组织——干涉这些压迫我们的仇敌的内部组织——譬如鼓动他们的下层阶级(平民)起来推翻他们现在的这种以侵略我们为目的政府,又有什么在道德上不应该的处所?因为要避免干涉他国内部组织,遂并打倒国际资本帝国主义的口号也要反对!仁义哉!这大概便是余家菊所谓"无人而不自得"的"本国历史中的好东西"吧?这大概就是醒狮派说我们不应骂倒他的"东方文明"吧?呜呼!醒狮派的"和平的自卫的国家主义"!然而曾琦先生在《醒狮》第三十五期上,却又叫我们抵抗强权要"运用外交";而运用外交时,则可以"援助弱小民族厚我声援","勾结敌国在野党以扰其内部"!原来援助弱小民族如印度、朝鲜,以及"扰其内部",都是和因要打倒国际资本帝国主义而"干涉他国内部组织"不同的!可怜的酒醉头脑!

曾琦又说："吾人若仅以打倒资本帝国主义为号召，万一世界上有非资本帝国而以武力临我者，或据我之领土，或强我奉号令，彼时吾人何辞以对？"杞国的天要塌了！怎么禁得曾先生不如此担忧。然而试问曾先生，我们可不可以当现在还没有这样一个非资本帝国而以武力压迫我的国家出来之时，暂且说打倒资本帝国主义；等到有了那个国家出来时，再提什么别的口号呢？又试问曾先生，就是你自己承认的那些"英吉利资本帝国""美利坚资本帝国"……也应不应该打倒呢？依你的，纵然没有国际资本帝国主义，却已有了某某国家的资本帝国主义——现在我们就暂且将"国际"两字取下，单只留一个"打倒资本帝国主义"，你还反不反对呢？外抗强权的醒狮派！你们不但拥护资本主义，而且拥护帝国主义！你们反对"打倒资本主义"，反对"打倒帝国主义"，反对"阶级斗争"，反对"共产主义"，反对苏俄——一脉相承，都只是为了你们自己是小资产阶级出身的资产阶级的轿夫。阶级斗争、共产主义、打倒国际帝国主义、实现世界经济革命，都是从根本上铲灭资本主义的现制度的，所以你们要拼命地反对。什么国家主义，什么反对俄国赤化中国，什么"呜呼外蒙"，什么"外抗强权"，什么"实力尚未充足"，什么马克思学说并不真确，什么阶级斗争分散了革命力量，什么在国家主义之下各种职业可以一致趋赴，什么"共产党人受俄国津贴"，什么俄国强捕中国使馆人员，什么"新俄祸"、俄夷马踏中原，什么俄国要把中国并为苏维埃联邦之一……拆穿西洋镜——只是反对共产主义的那一点"偏心"在那里作怪。更精粹一点说，只是拥护资本主义的那一片赤忱——那一片不可告人之隐在肚子里做"发条"，使得百代公司的唱片背出响亮的"哭灵牌""请宋灵"来。超麟同志在《中国青年》第七十二期上说，《醒狮》知道"有系统地提出所谓绝对的国家主义来抵抗共产主义"。这话未免太恭维他们了！他们哪里能够有系统？我们只略微在这五十期《醒狮》中一加检查，便已找出他们无数的矛盾，简直千疮百孔。不过他们能够不顾前后、随口乱咬地始终做那拥护资本主义的工作罢了！英国保守党、美国共和党、意国法西斯蒂……都还要去找一个一贯的逻辑；而他们却不顾这些，一个人说的话可以完全两样，可以前后完全相反，这是他们横绝宇宙的特殊精神！日本的贵族反对"相续税"，还能找出一个"歪"的理由，说："家族是日本的特色，因为家族发达起来，所以今天日本才成世界无比的最良国体；若是想推翻家族，就是想和推翻日本国基一样。"（见小川乡太郎著《社会问题与财政》，译本第二百零四页）可怜他们连这种日本贵族都不如！然而他们之所以竟至以如此之意气，在那里背诵留音机的根本原因——还是要怪我们共产党人自己不好。李璜在武昌师大向一个四川人周君说："我们所以要如此，都是由于他们硬逼出来的！"曾琦李璜在巴黎时，办一《先声》周报，时发学者式的政治经济学说，尤以曾琦好谈天下大事。我们的任卓宣、伍豪几位同志在《赤光》杂志上，偏要时时去指出他们的谬误，纠正他。尤其是显得曾琦的那支《新民丛报》式的文笔和他那两大传统思想——即李鸿章的"以夷制夷"、张之洞的"中学为体西学为用"——益发难堪。本来一切博士们都是要找一个幌子来谈一点"什么"的。譬如胡适谈白话文，黄炎培谈"职业教育"，陶知行谈"平民教育"，江亢虎谈"新社会主义新民主主义"，乃至舒新城谈"道尔顿"写信给柏克赫斯特女士。任卓宣等硬要损伤曾琦先生们的这种"将来发展之伟业"，损伤他们的"自尊心"；自然他们就不能不纠合团体来与共产党作对了！其实说他们本来就有心拥护资本主义，也是冤枉。不过他们既与共产党有了生活上的仇恨（恕我对于唯心派的你们用了这种唯物史观的句子），遂不能不走入那一条路，遂不得不与一切反动势力（凡足以帮助他们而致共产主义以多少之打击，使他们可以出气的——譬如下至张德惠等之言，也不惜引以为重）相联合罢了！可怜的怯懦者！有勇气的，尽管说"我拥护资本主义，我承认资本主义在道德上应该存在——所以我反对共产主义和共产党"好了！可怜你们却又要在表面上承认寡妇应守贞节，而专门说些"俄国月给十七元或岁支三十元"的话侮辱人类，同时也侮辱你们自己！其实，你们只单说共产党得俄国金钱还不得力；你们应该说共产党挖小孩的眼睛、把女人倒吊起来轮奸、吃死鼠、尿屎不揩屁股、以人血当酒饮等像天主教神甫在欧洲募款时，在影片中形容中国人野蛮的那样。

十一　请看醒狮派之"诚实"

李璜先生说："每逢国家有了外患，或被人凌辱，或被人侵犯，则欧洲人无论英、法、德、意哪一国的国民皆不能一日安于故常；很规律而且熨帖的一日三餐，很温柔而且美艳的少妻稚子，沙发椅何等舒适，比雅乐何等悦耳，皆一旦舍去而不顾，置身战壕，饱受炮弹，十人而九死！"（《醒狮》第二期）他这话是要用以证明爱国思想在人类界是普遍存在的本能。但我们要请读者想想那些旁边打有圈圈的字样中，到底含有多少的"诚实"！

又说："贵族阶级在今日欧洲，最穷而无实力，然在乡城则尚居各阶级之顶；其次始为所谓大绅士，即大农主大实业家；复次为……所谓小绅士……最后乃工人。以最末一级之工人比最高一级之贵族，则工人之所入往往比贵族为多，以小商店伙比之官中执事人，则其经济生活亦前者远过后者。但贵族之女，无论如何不愿下嫁工人；

而官中执事人虽终岁劳苦，无有存储，而总鄙小商店伙为贱业。并且不但同在军中奉职之士官，出自行间者与出自学校者，乃有阶级的蔑视；即在乡村共同作业之农家，出自旧家者与来自远地者亦有阶级的等差。同是工人，做细工者，每鄙粗工；同在工厂，为工头者每鄙杂役。凡此事实，皆非一经济观念为之中心，而社会习惯与知识等差足以助成阶级的歧视。若果主张阶级斗争，则凡此等等皆足为战争之端，何独只取大绅士与工人之对立状况，而尽弃其他？"（《醒狮》第十七期）他这段话是要用以证明阶级之应当存在，为人间天然之事实。我们除了请读者注意字旁有圈的地方，含有多少诚实之外；还要请注意他：为什么不把工人的收入与次一级的大绅士——大农主、大实业家相比？又为什么偏偏不用"大资本家"而故意要用"大绅士"的名词？贵女不嫁工人，官中人鄙小商店伙，是人间道德上应当认为"对"而予以维持的吗？所谓"社会习惯"，是不是由于人类之经济生活逐渐演变而成的呢？知识高下，足以助长阶级歧视——是不是凡是贵族大绅士都是"智"者，而凡是工人小商店伙都是"愚"者呢？因为细工鄙粗工，工头鄙杂役，遂连工人反抗资本家掠夺的阶级斗争也不应该有吗？一般所谓"阶级斗争"，到底是指的经济上的平等要求，还是指的知识上的平等要求，李先生大概久已明白——为什么要故意地将知识问题扯来加在阶级斗争中，诬赖主张阶级斗争者是主张知识平等呢？是不是因为知识不平等，就当承认经济也应该不平等——愚者是应该受智者之剥削虐待而过牛马不如生活吗？阶级歧视之观念，如军中士官学校出身者鄙视行伍出身者，到底是那士官的先天本能，还是由于社会的生活环境之暗示与资本主义化的教育之结果呢？打倒了经济上最不平等的资本家阶级，举一切社会生活习惯、道德观念、教育目的、文化制度而变更其根本之意义与鹄的，试问还有什么"尽弃其他"的足以使人受罪的阶级存在？（知识阶级和伦理的父子兄弟阶级之存在，是不要紧的，因为这些阶级本身并没有一种工具去掠夺他人，吸他人之血养肥自己。）

余家菊说："共产党人受苏俄经济的援助，更以金钱收买学生……'于是'强迫各校长予以宣传之自由，致送各教员以早行入党之威吓。偶拂其意，便下令各该校中之党员，鼓动风潮，伺机爆发，或则捏造谣言毁损对手方之人格，或则乘势掠取对手方之位置。此种现象，'吾'于武昌目击而身历之，于各处又'耳闻'之，其为全国之'耻'而非一地方之'羞'也必矣！"该有多少诚实？今后，凡一教员因无能，因与他人不和，因拙笨而不能战胜狡猾政客式之学阀，因不为学生所喜而被驱逐时——都可以说是"俄国津贴的共产党作祟"！大概北京女师大、南京东南大学以及一切的学校风潮，都与加拉罕有关——都是俄国使然。"吾……于各处又耳闻之！"二十一条之外，又有此"而非一地方之羞"的"全国之耻"——余博士的新发现！但李璜说："我们绝不回骂你们共产党受了俄国人的金钱运动……"——该有多少诚实？

李璜说法国工人反对法国共产党主张国际公道，不许法国占领鲁尔时，说了这样一段话："讲国际公道不是在今日，至少要等到德国赔款来把我们法国北方战区修复以后；说什么各国平民联合便有希望，如果德国老是这样赔款不送来、煤炭挖不来，我们生活便老是这样昂贵，工厂便要关门！"这个工人的口气，十分活像法国煤铁资本家，十分好像法国政府。可惜李先生没有替我们记了姓名，告诉我们在哪一地哪一时说的！该有多少诚实？

又说："请看上海的外国人，有几个是资本家？上海那些洋人在本国都是以劳力卖钱的，最多的是修理机器的工人和商店雇工。一到中国来，工资有加，红利有加，不几年他们便丰衣足食了！"这是要证明侵略中国的,并不是洋资本家而是洋工人——证明在中国并没有洋资本家,也就没有资本帝国主义!该有多少诚实?

又说:"现在欧洲平民家里,比我们中国缙绅家庭还要阔绰得多;一个机器工人,平均一天有六七元进款,回家坐的是沙发椅,睡的是钢丝床,吃的是大酒大肉。他们天天在看日报,他们都知道他们的生活所以能增进,便全靠他们的资本家、政治家能够在殖民地和中国找到了制造品的销场(李先生这句话可以作为教训曾琦使他了解国际资本帝国主义的材料)。他们并且知道由某种机会,他们的资本家在殖民地和中国赚的钱是很多的时候,他们便用罢工的手段,去叫资本家增加工资与红利;所谓利益均沾,不肯放松一步的。"原来如此!该有多少诚实?"请看在上海的外国人有几个是资本家"和"他们都知道他们的资本家在殖民地和中国……"这样的句子排在一篇文中——该有多少诚实?外国工人的罢工,原来也是侵略中国的——大概李先生是叫我们知道要反对帝国主义的侵略,就须得先将各国工人阶级消灭,或是要使得各国工人阶级甘心驯服不向他们的资本家要求增加工资红利,然后才行吧?该有多少诚实——资本主义的拥护者——掠夺者的辩护士!

又说:"生老病死苦这五个字,在我们中国谈起来,很是可虑可悲的;而在他们(李先生所认为已行国家主义的欧洲各国)国里,自从有了国家主义的社会政策,简直便不成问题了!"该有多少诚实?

曾琦答复章书谦君说,反对共产党的文字,不必向外翻译,因为是"不足为外人道"。诚然,诚然!这样的反对共产党,当然是为了国家的体面不翻为是,因为此乃"全国之耻,而非一地方之羞也"!

说谎为人生第一可耻事,而醒狮派恬然为之!

十二　谁是"以人当物"

陈启天先生说（《醒狮》第四十四期）："共产党人过信唯物史观，只将人当物看，所以完全缺乏人味！"我们——共产党人——要求以阶级斗争，消灭一切的阶级——不许哪一个人利用哪一个人以为获得生活资料之资——反对资本家驱使工人、把劳动当商品、把工人当器械用。醒狮派反对我们主张阶级斗争，承认经济上的不平等阶级应当存在。到底谁是以人当物？到底在谁的社会中的人们的生活，是"缺乏人味"？陈启天说共产党所谓劳农专政，是"与尚贤的旧思想冲突"；《醒狮》上又主张"蒙贤治蒙"。在你们的"尚贤政治"下，试问又有多少"人"在你们心目中而不当作"物"看？

十三　什么是"本国文化"

陈启天列出一个国家主义与共产主义的比较表，说国家主义是"拣选本国文化"，共产主义是"推翻本国文化"。《醒狮》上又再三讥弹共产主义说"中国文化只有小脚与辫子"，这句话为蔑视自己的文明。我们不懂所谓本国文化究竟是什么？所谓本国文化，当然是本国所特有的文化。我们在中国所有的文化中，打起灯笼找遍了，也没见在小脚与辫子之外，还有什么特别的东西值得我们引为光荣。列位不相信，就请听国家主义派的同志，恽震先生在第二十一期《醒狮》上说的："我不甚懂得所谓'东方文明'。若说忠孝节义这是人类（就是全地球上的每个人）宅心处世的态度，我们只要提倡忠孝节义的教育：服务尽忠，事亲尽孝，立身重节，处世论义，在工业发达的社会里何尝不可以提倡？若说文学美术，这也与国民生计有关，长此贫乏下去，大多数失业的人将何从而论文作画，文学美术终久不过是少数暇豫逸乐的人所享有。我们要使多些人享受到艺术的愉快，似乎应该增进国民的生计，使大家不偷不盗，然后才讲得到给民众以享受文艺的机会……若说东方文明是东方先哲的哲理学问，那更没有问题，工厂开得多，理工学校到处皆是，我们仍旧可以有若干大学，容纳有志的子弟去研究先哲的哲学。我所以说，只要尽量提倡工业，不必顾到精神方面的偏枯，就是这个道理。"恽君的话，简直是代表我们说的。请问仁义、道德、忠、孝、节、义、文学、美术，既都是人类同具的本能或倾向；则除了小脚和辫子之外，还有什么是东方文明——中国文化——所特有的？还有什么是东方先哲的哲学之特质？我们共产党除了叫劳动者反抗掠夺自己的资本家，除了反对男人压迫女人，反对寡妇守节；我们何尝推翻本国文化——又何尝有些什么本国文化让我们推翻过？我们叫人们现在"不必顾到精神方面之偏枯"——反对人们专门去讲精神文明的原故，乃正是因为有经济上的不平等阶级存在，"大多数失业的人将何从而论文作画，文学美术（乃至一切精神文明）终久不过是少数暇豫逸乐的人所享有"。我们所以不忘那"仓廪实而知礼节，衣食足而知荣辱"的两句"国民常识"（去年"少年中国学会"在南京开会，左舜生君向余家菊君说二语是国民常识），而被你们骂为以人当物看待，就是因为要"使大家不偷不盗"。朋友，且不论除了小脚和辫子，中国并没有特别的文化；即令有什么特殊的文化，我们也只把它放在世界文化史上，和犹太文化、埃及文化、英国文化、美国文化一样看待。

恽代英先生说得好："革命的能力，发源于主义的信仰与群众的党的组织，若说必须承认自己文化的价值才能谈革命，请问里孚人中间并不会产生尧舜禹汤文武周公孔子等圣人，亦有革命的可能否？我们不应拿一国的文化来决定他的命运，这样才不至于因羡慕人家的文化而自甘屈服（如一般美国化的学生）；亦不至于因鄙夷人家的文化而公然自认有任意蹂躏宰割的权利（如一般人对蒙、藏、苗、蛮的观念），更用不着因不顾屈服于人家而虚骄恃气将自己的文化高抬起来。中国文化，如知仁的知、博爱力行的仁、行仁不怕的勇、择善固执贯彻始终的诚，不过是中国少数圣哲的化理思想。这种思想既不是全中国人所共有，也不是中国人所独有。我们决不说马克思的学说是德国的文化，列宁的学说是俄国的文化。"我们也不崇拜那"德国，德国，于兹独绝"的侵略主义之象征物。然而陈启天先生却要控告我们推翻本国文化，以期诉诸人们的感情，好对我们激起愤怒来！

十四　难懂的新玄学

李璜先生说："每个国民人格的放大，便是国家的人格；这种国家人格的缩小，便是每个国民的人格。"那么，我们中国现在的国家人格，就是由于我们这些人的人格放大出来的了！李璜当然也在内。——从五卅运动表现出来，是无耻、怯懦、甘为奴隶；然则，李先生的人格当然也是如此了！但中国国家人格缩小的结果，为什么又都不像李璜，不像我；而又有袁世凯，又有张作霖，又有李彦青呢？

李璜先生说："爱的本体——或称良能——终有它的独立存在价值。所以我们谈感情生活，实在不能离却人的天性说话。认识了天性上本有这种爱，则爱国、爱乡或爱人，方有真实的源头，而不是虚浮的。于是方了然我们爱国并不是随声附和或有意铺张，是本乎天良而又缘于实际，有不得不然的意思。"为什么李璜先生又说"这个国家意识，国性问题的显著，一半虽由于拿破仑的压迫，一半还与当时文化的程度与交通的发达有关系；然后才真正能认识了彼此之不能苟同，彼此之不能受制"呢？

十五　"苏俄走狗"的答复

第四十三期《醒狮》"笔枪墨剑"中，质问我们——"苏俄的走狗"（这诚然是一个可以出气的恶骂）——一些俄人在蒙古的事实。现在我们答复在此："当我民国十年夏间，外蒙国民政府成立之初，蒙境所受白党之蹂躏，诸务废弛，几不成国。国民政府，乃与俄缔结协约十二条，得俄种种援助，始克百废俱举。故与苏俄关系，异常密切。"这段答话久已写在《醒狮》第四十期中——是贵同志谢彬先生代表我们说的。但希望你们不要疑心谢君也是苏俄的走狗——因为他实在没有得到每月十七元的津贴。

沈怡君问："俄之于我外蒙，何故念念不忘，而必欲置诸苏联统辖之下。"这很容易明白：（一）是因为中国无力替他制止那些白党——谢米诺夫、霍尔瓦特等——去利用蒙古，图谋推翻他的共产政治，复辟皇政；（二）是要贯彻他的世界革命主义，扶助弱小民族获得完全的独立；（三）是蒙古那块地方，日本或其他帝国主义者久欲利用其走狗——如前几年日本之于徐树铮一去建立甲必丹政治，以南进而侵略中国，北进而破坏俄国的反资本主义之建设！关系中东路，也无非是因为日、法、美诸国在旁边垂涎，一旦放手，即不免为他们攫去——攫去即与中俄两国不利，最危险的是可以供给白党做巢穴，用为反革命之利器。

中俄会议迟开的原因，是因为加拉罕要求遣散张作霖、张宗昌部下的成千成万的白党兵，革除中东路白党人员——因为他们都是足以给赤俄以政治上之危险的。只因中国可怜的中央政府，权力办不到，所以才至于迟延。最近加拉罕已经让步而先开会议之幕了！醒狮派放心！请你们还要记得去聚集精神以严防关税会议中帝国主义者之分赃吧（最要紧是监视日置益）！

李景林逮捕天津爱国运动者，"东方通讯社"即拍电报说被捕者已在严刑下招认受俄国领事津贴，《醒狮》从而和之，也说"闻"天津方面亦有人受俄金钱运动。现在请看八月三十日（？）《京报》所载雷殷（反对共产主义之议员）谈话，说："并无此事，此不过日人故造谣言，欲尽坑学生于赤化中耳！"

《醒狮》第四十五期，丑伦杰问俄国为什么逮捕华使馆人员。关于此事，赤塔中国领事耿匡先生（即耿济之）——即大家说他也是被捕人之一的——曾有一信登在专造此谣的研究系机关《时事新报》上（可惜我未能剪得），仿佛说他不但未被捕，而且中国所传之事，与他数年在俄所见，完全相反。自然，俄国的否认是不能算数的——因为他是共产主义的国家！（譬如最近帝国主义者造谣，说俄蒙又订了什么铁路条约，加拉罕否认，《醒狮》说加拉罕是狡猾的，否认了也还是有的。——一定要认为是有，谁也把你们无法。但别的帝国主义者如有什么事而出以否认时，便再无人置疑。——唯一的原因，便是因为俄国是共产主义的国家。）不过有两点可以反证：（一）造谣者为什么不逼外交部抗议？（连对英对日都敢抗议五卅案，为什么既有这事而不向俄抗议？）（二）为什么外交部始终没有关于此事的正式公文宣布？少安毋躁，不久外交部自有交代给你们！

我要声明我们并非完全与俄一体者，俄若真有什么侵略我们的事实，我们还是与对待帝国主义者一样的反对。只因《醒狮》既呼我们为苏俄的走狗，好像硬认定这些事就是我们做的，所以我们只好尽我们的所知答复于此。

十六　"减杀对外的战斗力"

醒狮派相信在他们的国家主义之下，各阶级是可以本了天然的爱国本能，"一致趋赴"着去对外的。所以李璜先生就以海外归客之资格，谈瀛说谎，说欧洲无论哪一国的人，每逢一有国家患难，便能舍了一切的沙发椅、比雅乐、美妻稚子而赴死不顾（第二期《醒狮》）。所以他们就要说共产党人在"国内鼓吹阶级斗争，以减杀对外之战斗力"。醒狮派实在太恭维我们了——我们鼓吹阶级斗争！阶级斗争是可以由人去鼓吹的吗？我们若有这么大的本事，岂不成了瞒天过海的八洞神仙？唯心的先生们太"从心所欲"了吧？我们暂且让一百步，暂且不拿我们的唯物史观的理论和醒狮派说——暂且请看醒狮派自己所说的话。《醒狮》第七期上，承认中国现在资本家多是军阀的化身和走狗的国家主义者郑伯奇先生，由日本写回来的信，告诉曾琦、李璜说："你们要揭出最简单的口号，如辛亥革命以前'排满''光复'的口号，把握住那最可爱的农工阶级的同胞的心！唯有这农工阶级才真是爱国的。你们看看俄国革命，贵族跑到巴黎依然过贵族的生活；音乐家入了美国国籍，依然发挥世界大家的声誉。与祖国同命运共甘苦、始终死守着祖国的，只有农民和劳动者。德国怕也是一样，国民被赔款苦得要死，Hugostirnes 反成了世界第一等的大资本家。再看看咱们这可怜的祖国和同胞，好战的军阀和煽乱的政客都是租界购有堂堂的宅第，政变发生，租界上便充满了要人的车尘马迹；呻吟在枪刀水火之下、死不离祖国怀抱的，只有农人劳动者和卖命的兵士！——这是一种变态的劳动者。朋友们！祖国的生死存亡全在这些可怜的人们的双肩上，你们的国家主义，也只有这些人们才肯承受的。"郑先生不是得了十七元一月的苏俄走狗，他的话，当然比我们说的总有几分道理。"你们的国家主义，只有这些人才肯承受！""爱祖国的，只有农人劳动者和兵士！"说我们减杀了对外战斗力的醒狮派怎么样为我们下一转语？我们说"劳动者无祖国"，便是说劳动者在现在这种史丁纳（Stirnes）所借以发财而有事时又跑去入美国国籍的"祖国"中，是不应当去"爱"它的。劳动者是最能爱国的，但他只爱他自己的"祖国"——消灭了贵族资本家以后，史丁纳也一样地同他们在生产界做工（劳心的或劳力的）的时候的那种"祖国"。所以德国劳动者不应当爱现在握在工业资本家手中的祖国，美国劳动者不应当爱现在握在银行资本家手中的祖国——因为你爱了它并无益处，你在这里爱国，资本家却在那里私通外国（法国占领鲁尔时，史丁纳实参加其协议）——有利，他们发财；有害，他们跑了！所以劳动者只应当拥护那已经成为劳动者"自己所有"的社会主义的国家。劳动者如能在各个地方，把他们自己的祖国扩大，使全地球而成为一个苏维埃国，强迫一切资本家和贵族都变成了劳心劳力的工人时，便没有了"祖国"，而获得了整个的人道、正义、自由，获得了"世界"！在正义之前、公理之下，资本家和贵族是不应当不受大多数劳动者之强制的——杀了他们也应该，他们都是已经犯罪的囚犯。不过从唯物史观上认识社会进展的"时代"，却也可怜他们是被已往的生产关系——无机的社会经济组织之非人类意识所能支配的定律推着走，所以也允许他们放弃了罪恶而同劳动者一样的做工，我们是本于这样明显的事实、这样自然的客观律，促进（鼓吹提倡之名，太恭维我们了，不敢承受）阶级斗争——大呼郑伯奇先生所认识的"最简单"的、和"辛亥革命时一样"的工农兵联合的口号！

十七　专政问题

醒狮派不相信"国家是统治者压服被统治者——资本家剥削劳动者的工具"这句话，所以他们反对俄国的劳农专政。他们拾了帝国主义者的谣言，硬相信俄国烧毁托尔斯泰的书籍、禁止萧伯讷的戏剧是事实。现在我们且不辩护这些事的没有，更不必和醒狮派空化时间谈理论；我们且说事实。第一我们要问：设若有一群反对资本主义、主张共产的共产党，在法国秘密结社，图谋实行社会革命，到处发行他们的书籍，扮演他们的戏剧时，这时法国政府对之应该如何？是不是逮捕、禁止、监禁、死刑、烧毁书籍、放逐外籍共产党员？史丁纳在德国，有造船厂，有森林，有钢铁厂，有银行，有报馆，有各种的矿，他能够使法国占领鲁尔时，不能不先和他商量。他可以垄断舆论，他可以收买国会中若干议席。他若运用他的金钱之力，便不难使行政、立法、司法三权和他发生密切关系。他不难指挥他的报馆说德国劳动者应该下死力替史丁纳做工——因为那是发展实业，挽回利权。他可以暗示着大学教授们拥护阶级存在的伦理学说（自然不是每个大学教授都如此卑鄙）。他更可以利用海陆军和警察压迫工人对于他的罢工。假使法国的钢铁业在世界市场上和他的销路相抵触时，他的报馆、他的大学教授、他的国会中的议员，便会一致地说"德国，德国，于兹独绝""我们要勇敢地赴前敌去发挥德国文明""我们要爱国"。千千万万的战费，则征之于人民；万万千千的死尸横在疆场上，则来自"有意识有系统有组织的国家主义的爱国教育"中——征兵制度中。胜则史丁纳获得钢铁市场，或获得足以辅助钢铁业发达的煤矿——如法国战胜德国后之所为（收回亚尔沙土、罗南，占领鲁尔）。败则重新又来爱国、做工、加税、还赔款、挽回利权、报仇——舆论、教育，一切如是。于是社会的风俗、道德、伦理、政治、法律乃至宗教（德国教士得罪了史丁纳时一定募款就受障碍）、科学（日夜研究如何发明俭省人力而生产力大的机器——必如此才可专利受奖）、美术——可以说一切都要史丁纳化。在这种史丁纳国家中，劳动者主张权利是反叛；说"工人无祖国"这话的人是犯了道德上的罪，是煽惑人心；共产党当然更应该"杀无赦"。请问：这不是资本家欺骗群众、剥削工人的工具是什么？现在的英、美、日、法、意、德……除了俄国，哪一国不是如此？哪一国不是在德谟克拉西面具之下，实行第三阶级——资本主义的专政？这种专政便是道德上之正体，而俄国的劳农专政便是罪恶！俄国专政便是违反了自由平等的原则，而英美则否！我们请问醒狮派，请问我们现在的中华民国应不应对于满清皇党专政呢？应不应该对于袁世凯的帝制党专政呢？将来醒狮派得了政权，曾琦先生坐在北京总统府中时，也能允许我们共产党肆行反对你们自己否——也还要保存你们所说的自由原则否？依你们的，是俄国现在应该让一般资本家和帝制派去自由活动，好将俄国现在的政府推翻；让康有为、升允、金梁、江亢虎自由活动，抬了溥仪来把中华民国的共和招牌下了去吗？拥护资本主义，原也可以；但应该光明地说，我们的资本主义应该横行一世，俄国推翻资本主义而且实行禁止资本主义之图恢复——我们应当一致地去和他拼命；却不应该假借正义自由之名，说专政是罪恶、是不道德，以欺骗群众！朋友！只拿《醒狮》不及《向导》受摧残之甚和醒狮派人不及共产党人在在有生命的危险二事看，就已足够证明国家是"阶级的"了！私有财产制不废除，资本生产制不改变——一切生产机关不公之于社会而为私人所占有时，阶级是自然要生出来，而且要分化发展得愈明显的。阶级一日存在，阶级斗争便一日不会消灭，国家也便一日不得不被有力阶级——得胜阶级用为工具。有产阶级专政，是用国家这个东西保持自己的地位，役使他人——使阶级继续存在。无产阶级专政，是使生产社会化，废除私有财产，将一切生产工具归之于社会公有——使阶级消灭。俄国劳农专政，不是反自由的，乃正是在走向自由之路的过程中——为正义之初步的累积工作。假使托尔斯泰、萧伯讷的著作中，含有破坏劳农专政，足以帮助资产阶级张目之处，禁止、焚烧，是应该的。唉！专政！辛亥革命如能继以民主主义之专政，则今日之中国必不如是；将来醒狮派当国，如不专政，则北洋军阀一定会利用"自由"，鼓动军队，先将曾琦、李璜杀了再说（请读者参看《中国青年》第八十六期《反抗五卅惨杀运动中所见的阶级斗争》）！

十八　中国今日之劳资阶级

《醒狮》说："中国还没有劳资对立的阶级。"又说："中国劳资阶级，还没有到你死我活的地步。"我们还是和醒狮派说事实。事实太多，我们苦于不能遍举，只好且举一二，以见其概况。据农商部民国七年的统计，就已经有：

类别		人数	类别		人数
制造厂工人	染织	302666人	市政工人	邮差	约12000人
	机械及器具	16361人		电灯	
	化学	119789人		电话	
	饮食物	151677人		电报	
	杂工厂	35085人		自来水	
	特别工厂	13063人		清洁夫	
	计	638641人		计	12000人
运输工人	铁道	71811人	农业工人		
	海员	约150000人	政府直辖工人		21640人
	码头工				
	车辆劳动者		外国工厂工人		324362人
	计	221811人			
矿山工人		530885人	总计		1749339人

在上表所列的工人之中，已有工会组织者，据一九二四年八月所调查计有：

    铁　　路　　四四、八〇〇人

    海　　员　　四五、〇〇〇人

    矿　　工　　二六、二〇〇人

    湖　　南　　二六、〇〇〇人

    武　　汉　　三二、三〇〇人

    上　　海　　一六、三〇〇人（按五卅时上海总工会所属已有二十万人以外）

    粤　　港　　五〇、〇〇〇人

    其他各处　　三〇、〇〇〇人

    总　　计　　二七〇、六〇〇人

我想谁也不能否认中国有赁银劳动阶级之存在吧？这些劳动者所过的生活怎样呢？自然一部分铁路工人和海员，是比较的稍好；然而且看我举一例，如山东博山煤矿轻便铁路工人的生活是：工人住处，上搭芦席棚的土洞，每一间大长方形的棚洞，住三四十人，夜间三四十人同排在地窖中。每日工作从早五点到晚八点——十五小时。推煤出洞下山，每次车钱六十个铜元，每人每天要推两次，才可得一百二十个铜元；一百二十个铜元之中，要送十五个给"工头"。每日须买公司自卖的贵面，五十余个铜元，咸菜四个铜元，烟卷六个铜元，每四五日要费一双布鞋，所余还有几何？铁路经过偏僻地方，没有女人；夏天工人还可随便不穿裤，冬天简直要命。铁路由山上倾斜而下，推车飞跑，偶一不慎，便连人带车血肉横飞，每礼拜必有三四次惨剧发生。死了还要公司考究原因，有时侥幸可以得着二十元恤金；考究不出原因，就算你是白死！再看！上海公共租界工部局调查：上海共有童工总数十七万三千二百七十二人。其中十二岁以上的男童四万四千七百四十一；女童十万另五千九百二十一。十二岁以下的男童四千四百七十五；女童一万八千一百三十五。共在二百七十五个工厂中做工；内属日本者三十二，英国二十四，美国十二，意大利七，法国五，葡萄牙、瑞典、比利时各一，英美合办者二；其余一百九十厂，均为中国资本家所办。很多不过六岁的童工，在大工厂中做十二小时以上的工——而且是终日站立。分日夜两班，直到星期日才停一班。工钱按日，至多不过小洋两角。那些童工多由包工者（Contrastor）在四乡招来。每月不过给其父母两块银洋——包工者可以向工厂得到四元上腰。在棉厂中的童工，大多数工作时间是十三小时十五小时。许多工厂中，当夜工时，儿童们都因太疲乏而滚在棉堆里睡着了——工头看见，便加毒打。丝厂中以女童工及青年女工为多——

成语说"一个小孩当两个成人"。小女孩子站在地下，向沸水盆中捞丝头——十指见骨。早六时至晚六时——间或还要做夜工，并须先十五分或二十分到厂。一气要站五六点钟；厂中温度，常为湿气所包孕，久在炎湿蒸气中，尤易疲倦。工资由二角至二角五分，尤苦者为火柴工厂——九枚铜元一天。工厂内又无防火设备。做火柴盒的外工是母子同做工，每千个盒的内部，九个铜元；每千个盒的外部，七个铜元。一个妇人、两个小孩，一天可成二千至三千个部分——精疲力竭。又据他们调查：上海的苦力人力车夫等的收入，算比中国任何地方较高的。平均计之，苦力每月得十五元，人力车夫得八元，而一人及其妻眷的生活费，最苦也须十六元，方能过活。上海小沙渡日本内外棉厂，做工十二小时，而最低工资且有少至每日二百文的。时常毒打工人，连大小便都要先领"厕牌"——三四千工人，只有两块厕牌。在这种生活中的工人，共计九公司二十二厂，三万五千余人。照以上所举的事实，请问醒狮派，到底中国有没有劳资阶级？这些劳动者倘若要向资本家要求改良待遇，增加工资，到底应不应该？值不值得同情？资本家对于此等劳动者，动加高压——像青岛五月二十九日的屠杀，上海顾正红的屠杀且不说；只说郑州豫丰纱厂工人因要求增加工资，厂主穆藕初竟不惜用三四百流氓，殴打罢工者，诬调解工潮的京汉路工人为赤化，打死韩玉山、王长保两人。——这是国家主义的同志恽震先生所亲见的（闻恽先生现在该厂当工程师）。劳资斗争还没有到你死我活的地步吗？绝大的流血惨剧——阶级斗争，如京汉路"二七"惨杀，广东商团事件中商团和工团军农团军苦战的事实，已经写在历史上明明白白。《中国青年》第八十六期中所举的资产阶级的自利性、反国家性，也已经明明白白摆在我们鼻尖上！醒狮派却还要说中国没有劳资阶级；说各阶级可以合作；说阶级斗争是减杀对外之战斗力。

当中山收回粤海关时，电请安格联抗议，保护他们的内债基金的，不是上海的中国商人和银行家吗？当去年江浙战争发生时，上海马路商界联合会，便通电主张"租界未收回以前可不顾主权，而于法典约章之外，都可委曲就商"——以托庇于洋人，而保护他们的财产！醒狮派昧良说谎，袒护资产阶级，还要说我们硬把五卅运动强扯成阶级斗争，举"南洋烟草公司"和"招商""宁绍"等公司捐款之事，证明劳资合作。朋友！"南洋公司"捐款，是要劳动者替它做工具，延长对外罢工，好让它战胜"英美烟草公司"呀！"招商""宁绍"是要乘机在长江沿海抢钱呀！虞和德与纺织业无直接关系，所以它就说海员罢工好而纱厂罢工不对（参看《中国青年》第八十四期）——无非是"三北公司"有几只船可以抢"怡和""太古"之利，而又希望着多有棉纱包装运罢了！事实在这里，每个妇孺都会知道它是哲学的真实。醒师派故意装作不见，硬不承认劳动者——被压迫阶级有自我意识，要求好的生活；硬说阶级斗争是共产党所鼓吹的。告诉朋友们！北京外交部久已就行文各省，说"俄党女子，潜入内地，乔装卖笑，宣传共产共妻主义，事关风化治安，希即严行取缔"了！用不着醒狮派再来表现中国国民之无常识！资产阶级的轿夫！依你们，天天向劳动者去唱那"不要动气"的歌："我们耕田，人家吃大米；我们织布，人家穿新衣。我们自己，为什么受冻忍饥！咳！你若是不胡乱用钱，就没有这个道理——劝你不要动气！"使得每个被压迫者，都成为很驯服的甘被剥削者，像娼妓仰卧在大路上那样——是不是？

我要请你们答复我，你们到底反不反对资本主义？

十九　世界的平民不能联合吗

李璜在第四十六期《醒狮》上说："共产党只见着欧洲各强国在国内资本家与平民的利害冲突，而便未见着在国外他们的资本家与平民一致了！"李先生举的事实是欧洲各国的工人生活都极好，他们都知道他们的生活之好，是由于资本家、政治家在殖民地和中国侵略得来的——所以他们很赞成资本家侵略殖民地和中国；很赞成法国资产阶级政府占领德国的鲁尔。并且说欧洲工人，一知道资本家在中国赚了很多钱时，他们便以罢工要求加薪。所以不但欧洲工人是侵略我们的同谋者，并且他们的罢工就是直接刺杀我们的利刃。李先生在这样的自己的谎言之下，遂断定我们不能希望联合世界平民，"老等世界的平民革命"！我们没有见着欧洲各国资本家和平民在国外的一致合作！醒狮派的同志是见着了的！《醒狮》第五十期上，就载有一封由巴黎寄回来的信——报告他们所见着的欧洲资本家和平民一致对外的事实，他说："此时英国已陷于孤立的地位（指其因上海五卅案），而其内部政潮复烈，工党极端反对与中国开战，欲借此问题为倒阁之资。最近英政府由澳洲调两舰赴中国，该两舰不独不应命，反自动地开回伦敦。"做这个报告的，是"旅法各界救国联合会"，系以"青年党"（曾琦在法时所组织，专以反对共产主义为目的）为中心，由那向法政府告密说六月二十一日要求陈箓签字抗议五卅案的学生都是共产党，以致许多旅法爱国者被逐的——何鲁之（青年党书记）先生所指挥而组织的。这报告当然可以靠得住。李璜先生！世界的平民联合不可能吗？广州现有被压迫民族联合会，内含有印度、安南、朝鲜的革命团体和我们的"农民协会""青年军人联合会"。五卅运动中，有印度共产党、朝鲜革命者所组织的五百余团体联合会、安南革命党、土耳其青年国民党、蒙古国民党、波斯和埃及的国民——都曾特派代表，在中国共产党本部所在地参加反抗帝国主义的工作。"路透社"曾电传印度代表在香港活动的结果，使香港印人大愤，英帝国恐慌，一夜中遣散三百余印人——并枪毙数人（当时上海各报载香港电云枪毙三百人）。柏林无党派五百万知识劳动者所组织的"国际工人后援会"通电慰问，说："黄白种的资本家压迫你们的民族，同时也压迫我们的阶级；你们之敌，即我们之敌（六月六日）。""伦敦国际职工联合会"电祝我们战胜一切反动的势力（六月六日）。第三国际通令四十二国共产党及工团，一致动员高倡"从中国放开手"，"勿干涉中国"，并于必要时以罢工援助中国。"全俄职工会"首先汇十万元接济上海罢工（六月十七日）。"莫斯科国际平民大会"檄告全世界平民援助东方民族独立运动（六月十二日）。第三国际和赤色职工国际电商第二国际及黄色职工国际以实力援助中国（六月十七日）。"莫斯科华侨大会"，三十九国共产党代表莅会，议决阻止列强军火运入中国（六月十五日）。"苏联无产阶级学生会"，电称"愿与中国学生、国民、工人携手并进"（六月十六日）。曾服务于巴尔干半岛之俄兵，宣言反抗帝国主义，援助中国（六月十五日）。六月十七日莫斯科电，全俄各地均因中国事件，有示威及募捐之事，全俄农民亦一致奋起。苏联职工会于六月四日电中国工人请其坚持到底。莫斯科纺织工人，特为五卅案开"反抗压迫中国大会"。海参崴工人定出数小时作为援助中国工人而做之工（六月十七日）。六月十二日莫斯科举行五十万人之大示威游行，援助中国。法国"劳动总同盟"捐款二万五千金卢布（六月十五日）。"日本劳动组合评议会"与大阪各劳动团体联合会合派代表,调查日本资本家虐待中国工人之真相（六月六日）。日本劳动总同盟,欢迎上海罢市（六月八日）。东京市内三十六劳动团体领袖四百余名,为五卅事件开会,被警察干涉,逮捕多人（六月九日）。英船行至神户,华籍海员罢工;雇用日本海员,日本海员拒绝,反醵款欢送华籍海员归国。英国"独立劳工党"要求取消领事裁判权,完全承认中国人管理中国（六月十日）。英国"职工联合会"电北京"中国劳工委员会",相信五卅运动足以促进东西工团主义,成为有力之团结。六月十八日英国劳工党分电各支部,反抗英政府压迫上海群众。英国矿工首领电首相,反对利用英国舰队帮助厂主压迫华工。柏林"国际工人后援会"召集"勿干涉中国会",到代表八百余人。捷克斯拉夫"国际工人救济会"为五卅事件开会,到者二万人;丹麦、挪威、荷兰,均有此等大会。六百万工人所组织之"英国劳动同盟大会"声称欢迎中国工人所起之叛乱。英国共产党提出"勿侵略中国"的口号,迫英政府容纳下列条件:（一）赔偿被英兵击毙或受伤中国人家属之损失,取消司法调审沪案之办法;（二）取消外人在华领事裁判权及不平等条约问题,应召集一特别国际会议,俄国亦须加入讨论;（三）中国关税问题,列强无须干预;（四）中国境内之英国海陆军队及战舰须立即撤退,各国政府必须担保不破坏中国之主权。英国少数派工人,正在煤矿罢工中,尚汇一百三十金镑给上海总工会。以上这些事实,都明明白白在最反动的研究系报纸中和帝国主义通讯机关"路透社""东方社"电稿中写着。说现在还未到时,世界被压迫者之联合尚无大力,尚不足以一举而歼灭资本主义,是可以的。说世界平民联合简直不可能、无望,说欧洲资本家和平民（劳动者）对外是一致,则明明是《醒狮》在那里出力替资本主义蒙蔽群众!

二十　半截的国家主义

李璜说:"有些人说,现在一些人在中国提倡国家主义去图自强自卫,难免将来不流为帝国主义去侵略别人。"这本是对于醒狮派的一个绝大疑问。李璜答复,是背诵了一段《礼运》——"大道之行也,天下为公……"说我们祖先就是和平的,以证明他们不会流为帝国主义;并没有说出一点可以制止他"不流"为帝国主义的切实方法。

张介石说:"西洋的罢市罢工,都是积极的罢市罢工。换言之,罢市以外,还有其他准备;罢工以外,还有其他动作。至于中国式的罢市罢工,则仅限于罢市罢工而止。试问如此简单而和平,怎能使租界上有凶器的洋人向你屈服呢?"一点也不错!然而张先生却没有对于应该怎么样去准备"其他"的话,说出一字。

曾琦叫我们勿希望军阀救国,勿希望外人仗义,真是千真万确。然而曾先生指给我们应走的路,却只是"要之,时至今日,我已处于背水之阵,非有项羽破釜沉舟之志,难收韩信出奇制胜之功!吾人鉴于军阀之不足恃,友邦之不可靠,亦唯有努力于民众之组织,以期成一大势力,实行'外抗强权,内除国贼'。一切无聊之希望,愿国人共绝之也"!除了"排句"和"故典"之外,只有"组织民众"一句空话。对于如何"期成一大势力",却一字未说。我们钻到各处去组织民众,醒狮派又说我们是苏俄走狗,赤化中国。醒狮派却又尽管"云腾雾驾,终究是滴雨不落"。

陈启天叫我们预备国民实力——也是一样的"且听下回分解",没有结论。

灵光君说："什么是国家的抵抗？即以这个国家作为一个对外防守的目的物，以抵抗外来的侵略者，其目的在将此国家弄到文明地位，而后更进一步，再将此文明为全世界人类谋其幸福。"却对于如何才能"弄到"的切实方法一字未说，只是在结论上说："翻开《大学》第一页，我们的精神，更已明明白白地写在那里，我们现在实行国家的抵抗，不外实行着治国平天下的第一步啊！"啊！

二十一　《醒狮》小心赤化

依《醒狮》的理论，凡是由《向导》周报或《中国青年》喊出来的口号，凡是与苏俄有关系的口号，便都是"共产主义的"。所以他要浩叹"呜呼！吾中华民国全国学生总会，竟以苏俄共产党之口号为口号"，而要"为我全国青年学生扼腕太息"了！其实，《醒狮》出世太迟了！十三年七月十八日——在《醒狮》出世之前两个多月，北京国立八校教职员联席会议，久已就发表了宣言，主张废除不平等条约，接受了打倒帝国主义之口号——依《醒狮》和右派的造谣，学生会是共产党把持了！难道北京国立八校教职员的脑筋也是受了共产党人的操纵吗？并且，就是《醒狮》自己也受了共产党人的嗾使吗？打倒帝国主义、废除不平等条约、收回海关主权、取消领事裁判权、反对基督教教育、联合被压迫阶级及弱小民族，哪一个口号不是在这两年中由《向导》周报站在民众面前，做"向导"喊出来的？《醒狮》第三十五期，不也随声附和主张"援助弱小民族""勾结敌国在野党""收回海关主权""严禁学校传教"吗？在巴黎的青年党（旅法各界救国联合会），不是也一样地对于五卅案提了十二条：

收回租界，废除一切不平等条约吗？小心哪！赤化要紧！

　　《醒狮》根本上发生于"投机"心理，没有中心的信仰——什么时髦，便也赶着什么后面打号子。国际妇女日（三月八日）是一个纯粹红色的共产主义运动；它那以反对共产为职志的《醒狮》（第二十五期），却也把旧酒灌入新瓶——扯些什么花木兰、韩世忠夫人、沈云英、秦良玉的腐败不堪的英雄思想附会其上，以装点它是"近代"青年的读物。它又再三佩服土耳其国民党——却不知土耳其国民党是和蒙古国民党一样的，是受有苏俄的实力帮助的。它歌颂广州的学生军，却又不怕研究系所指为红党的蒋介石沾染了它！我们不是说这些不许它称道——它肯帮着宣传，正是好现象；我们只觉得在看见它的投机性罢了！

二十二　民族主义问题

　　《醒狮》说共产党既加入以民族主义而革命的国民党，而又承认蒙古独立，"使我之领土分裂"，是矛盾。它的理由，是蒙古乃五族之一，所以应该受中国管辖。但我们不知道曾琦先生还欢不欢迎五族之一的满洲人溥仪做中国皇帝？如其不欢迎，而且要为文问段祺瑞"何以不杀溥仪"；则曾先生所服膺的孔子已有遗教在曾先生肚子里——"己所不欲，勿施于人"。非侵略的保卫的国家主义，似乎也应该让蒙古人自己去讲一下。国家主义不流为帝国主义吗？对于蒙古问题，业已开始在"流"了！告诉朋友，国民党之民族主义，在党纲上是："有两方面之意义，一则中华民族解放；二则中国境内各民族一律平等。"又在宣言中说："国民党敢郑重宣言，承认中国境内

171

各民族自决权。"原来民族主义有二种：一是资产阶级的民族主义，主张自求解放，同时却不主张解放隶属于自己的民族，这是矛盾的民族主义；醒狮派奉之。一是无产阶级的民族主义，主张一切民族皆有自决权，主张自求解放，不受他族压制；同时也主张解放隶属于自己的弱小民族，不去压制他，这是平等的民族主义。蒙古人愿意脱离中国与否，我们应该尊重蒙古人自己的自决权。我们并没有去鼓动他们，我们只反对一班人否认蒙古的自决权而已！

二十三　国民党与阶级斗争

《醒狮》又不懂共产党既加入各阶级合作的国民党，而又主张阶级斗争。国民党第一次代表大会宣言，解释民生主义说："盖国民党现在从事于反抗帝国主义与军阀，反抗不利于农夫工人之特殊阶级，以谋农夫工人之解放。质言之，即为农夫工人而奋斗，亦即农夫工人为自身而奋斗也！"左舜生先生在第三十二期《醒狮》上，引我在重庆所作文驳恽代英君，不知那文乃是站在一个谨守国民党党纲的地位上立言。

我们很奇怪醒狮派反对阶级斗争的动机。曾琦先生说："革命之对象，为军阀官僚，则被捣乱者乃军阀官僚而非人民也。革命之动机为反抗不良之政府，则陷于恐怖者，乃少数之当局而非多数之良民也。即令革命时期，人民不免稍受惊恐，然此乃一劳永逸必不可免之举也。今且假定革命手段为危险而不宜取，则试问不革命果能保守秩序之安宁乎？不革命果能免恐怖现象之发生乎？"在曾先生这一段话中，将"革命"换成"阶级斗争"，将"军阀官僚"换成"资本家"或"压迫者"；用以转询醒狮派，不知醒狮派又将何以下一转语？且醒狮派既言国内尚没有阶级，则又何畏他人之主张阶级斗争？既言尚无资本家，则又何劳醒狮派为资本家阶级着急？

二十四　新儒林外史

《醒狮》说"本报读者万余人"，《醒狮》以大无畏之精神，宣传和平的自卫的国家主义，举该党（共产党）一切似是而非之邪说，摧陷而廓清之，使之在理论上直无立足之余地。未及一年，而国内信仰国家主义之分子，日益加多；爱国团体之成立，如雨后春笋。又说："因为《醒狮》受国人欢迎，嫉妒心的无明之火，烧得共产党忍不住了！"又说："迩来'吃洋教派''拥军阀派''亲俄派''亲美派'，闻《醒狮》之声，而内不自安，时复发为反攻之论。"我们记得江亢虎在《南游回想记》上，也曾说："此间大资本家，首推闽人黄仲涵君……闻名请见，言资本主义首领愿与社会主义首领接洽也！"肉麻！

二十五　上海的尼姑庵

我们常常看见上海尼姑庵，因为要使那些迷信菩萨的太太们便于来进香，就在庵中装起雪亮的电灯、风凉的电扇、灵便的电话，并且还预备有自备的包车，预备有停汽车的场所。马克思说："不是人类的意识规定物质生活；乃是物质生活的条件，规定人类意识。"李璜先生不服，却要说："英人以其机器进据印度已及百年，而机器之力乃不能动印度人改良之念，即名加斯特（宗教）的信仰有以阻碍之。"而归其"机械不改良、工业不进步"之原因于唯心的精神生活。真正善为帝国主义者辩护。印度人若能承英人的恩典，把一切机械应用的机会都肯给予了他们，则大英资本主义还有什么可以剥削回去？

二十六　首阳山上的李璜

李璜夸张东方的精神生活，说他在巴黎时有一位教授，指着中国文化史问他："我在你们中国古史上常常看见这个'让'字，并且主张以让为国本，我很不解这个道理，或是让与攘通，不然便是挑手往往错成言字旁了。请你替我查查看，如果古训有让之为言攘也，那么我的疑团便大解释了！"这一段用小说文笔描写出来的"内台喝彩"，自然足以投合素好夸大的中国人性。但我们对于此说，却觉得只有两途可信——不是李先生故意说谎，便是那位教授特作"挖苦"。好一个东方特有的让德！或者醒狮派相信孤竹二子让国是实事吧？然而醒狮派人为什么又不肯将蒙古"让"与蒙人？

二十七　曾愚公先生文集

编《醒狮》周报迄感赋一绝

"浮海归来念愈痴，士夫依旧叹无为，拼将热血临风洒，唤醒人间老睡狮！"（予于民国七年夏，因中日军事协定问题由日本辍学归国，执笔上海"救国日报"……）

——《醒狮》第一期。

海寇吟

"……窃我宝藏据我地！贻我毒药腐我神。……"

——《醒狮》第六期。

勖"全国学生会联合会总会"

"……当民国七年夏，予因反对'中日军事协约'，偕'留日学生救国团'同志二千余人由日本罢课归国时，即极力主张全国学生应有组织。曾在天津发起'学生爱国会'……"

——《醒狮》第二十六期。

扶病编《醒狮》周报讫口占一绝

"书生报国无他道，手把毛锥作宝刀；心血未完终欲呕，病中握笔敢辞劳！"

——同上。

记船上一英妇

"……有一英妇，貌丑而肥，年五十许，隐椅而卧，跣其两足，臭气逼人，众皆恶之，恬不为耻……会食之时，状尤可怪……则效非洲野人之行，以手拾菜，入于口大嚼焉……予曰：此真英人之代表也！彼英人者，世界自私之民族也……据他人之椅而无所于歉，食他人之食而无所于惭，非英人传统之经济侵略政策耶？……闻者皆笑应曰：然！遂书之以为记。"（一九二四年八月十三日作于印度洋舟次，时方风浪大作，据椅书此，愚公自识）

——《醒狮》第三十五期。

175

感事书怀偶成数绝

"普恩加赉是吾师，克烈门梭更不疑，他日政权如在手，要当横海制倭夷"；

"六却英夷百战功，髫龄读史慕文忠，当年一炬焚鸦片，民族精神万古雄"；

"华胄千年文化古，楚歌四面国基危，从今教养兼生聚，霸越亡吴事可期。"

——同上。

国防与外交序言

"……去秋，归自法京……爰与友人创办《醒狮》周报，揭国家主义之旗帜，日以'内除国贼、外抗强权'之义，强聒于国人之前，盖犹是八年前参加'国防会'，组织'留日学生救国团'，发起'少年中国学会'，执笔《救国日报》，著《国体与青年》时之素志也……"

——《醒狮》第四十三期。

辑者按：愚公之诗，殆可以使"游子乍闻征袖湿；佳人才唱翠眉低"矣！

（单行本，署名：萧楚女）

国民革命与中国共产党

△共产党与国民党的关系究竟如何？

△ CP[1] 和 CY[2] 究竟是寄生的吗？

站在中国国民党地位上，对于共产党与国民党在工作上所起的左右之问题下批评的，怕是第一个要算戴季陶同志，才没有带着无赖的谩骂习气吧？

的确，戴先生煞是难得的，他竟然肯在他自己的人格尊严（？）上，也坦白地承认"CP 和 CY 利用（？）中国国民党，它的目的很纯洁、心情很高尚，它所企图的，是在中国社会的急激的进化"。这是自从中国共产党在中国言论界接受外界批评以来，所不曾遇见过的唯一的"正直"。当然我们只有感激，只有替中国言论界庆幸的。而尤其令我们要对于戴先生代表中国国民感谢的，是经了他这一本《国民革命与中国国民党》的不客气的批评之后，一切右派妖孽——从张继、谢持起，马君武、马素、马超俊、冯自由，乃至极无聊赖

---

[1] CP：Communist Party 的简称，意为共产党。

[2] CY：Communism Youth 的简称，意为共青团。

的杨庶堪，和新起的候补官僚派邹德高之流——是再也不能假借什么"护党""哭党""反共产"之名而行他们那借党活动的反革命之实了！季陶同志是中国国民党最高干部的人物，得了他这一种痛切的 X 光线之澈照，或者中国国民党内部可以从此肃清污垢、荡涤尘秽——而使革命的孙文主义，大放万丈光芒了吧？

但是，戴先生批评共产党的话，有几点我们觉得不是事实、不合事理——而是戴先生说谎。戴先生说共产主义不适宜于现在的中国，因而遂指共产党不应该主张阶级斗争，贻害中国；而且直谓主张阶级斗争是突过了国民之需要。这一层简直是戴先生因为嫉妒共产党在国民党中太能"干"了，督促得一般老党员太紧严了，有些不舒服，所以要故意这样说的。戴先生若不是像醒狮派曾琦那样糊涂的人，当然晓得"共产主义"是资本主义自然发展的结果，而阶级斗争是历史进化必然的事实。戴先生如认"自欺"为可耻，即当切实承认共产党人在加入国民党之后，实在并没有在哪里主张过即时实行共产制；更没有在国民党中做过一点实施共产的政治设施。明明白白地除了照着中国国民党党纲，在那里高呼，在那里努力，做那"打倒一切帝国主义，打倒一切军阀"，"废除不平等条约"；组织农工群众，扩大国民革命之战线与势力，以为将来切实施行"节制资本，平均地权"的民生主义之预备以外，试问戴先生，共产党人还另外做了些什么强奸国民党、借国民党而推行共产主义的"共产"工作？难道国民党不要打倒帝国主义与军阀，不要废除不平等条约，不要去宣传组织农工群众吗？难道共产党照着国民党党纲做还犯了法吗？除非这些工作已被国民党声明放弃而仅为共产党党纲所独有，然后戴先生方可谓共产党人利用国民党，以突过国民需要之行动而贻害中国。然而戴先生竟无的放矢、造谣中伤，说共产党加入国民党，是"想要以工业的无产阶级专政，来达革命建设的目的"。硬指共产党在将来国民革命成功之后所要做的事，为现在在国民革命运动中，即要做的事。淆惑观听，一至于此！

戴先生若不是头脑不清，便应该知道在今日之中国而努力于打倒帝国主义及军阀，努力于废除不平等条约，努力于吸收农工群众加入革命军，是和共产主义绝不相干的事。共产党的共产主义是个什么性质？共产革命——社会革命与国民革命如何不同？这两件事如果连戴季陶都不晓得，那我就真要为中国之知识昏聩而痛哭了！共产主义不适宜于今日之中国，因而共产党人在国民党中的活动与努力也是一样不适宜于今日之中国吗？戴先生为什么要如此欺蔽读者！戴先生能够指出哪些事实，是共产党要实行共产？不但在国民党中的共产党，并未要求实行共产，而只做那眼前所需要的半殖民地上之国民革命的工作；就是堂堂的中国共产党之机关报——《向导》，和中国共产党首领——陈独秀，也要是在那里除了做些共产主义之学理上的研讨，以为将来的社会革命之种因外，并没有发表过什么立即实施共产的文字（在决定加入国民党努力国民革命之后）！戴先生不是瞎子，却要故意地谣言惑众！

是的！共产党人为国民党的三民主义而努力时，实在是偏于要把国民党弄得"民众化"，极力要制止国民党中的士大夫派（知识阶级）垄断国民党。这自然不免有时要用阶级的意识，去教育群众，从阶级上要求他们革命。然而这是"共产主义的"吗？这正是实行努力于戴先生所指导于我们的——国民党的必要工作。戴先生告诉我们，说中国国民革命在历史上的背景上（就是中国国民革命之所以起来的原因，也就是中国国民革命的对象），是因为中国受了西洋的"由工业革命而诞生的资本主义，同旧时代的军国主义相化合，变为近代特殊的帝国主义"之侵略。戴先生告诉我们这许多帝国主义"专门刮削殖民地人民的膏血"，"更以地球为范围，形成一个绝大的封建制，为争斗殖民地（即商品之销场）而拼死地决斗。在他们国内，操产业管理之权的少数资本家，一面在自由竞争原则下面，造成经济的封建制；一面在工银制度下面，压服着大多数的自由工人，掠夺工作的剩余价值。令大多数的工人，陷于极悲惨的地位，酿成极大的阶级斗争……"现在的中国就正在一块这样的自由竞争之下的半殖民地中，让许多帝国主义者勾结军阀，在那里实行着甲必丹的"经济封建制"。而另一方面则到处布满了"大哈德门"的"用中国烟叶，以中国人工，在中国制造"的"资本移植"的掠夺剩余价值的侵略。只要是有一点近代国民经济之常识的人，谁也晓得中国现在所有的劳资两阶级之斗争，是比世界上任何民族任何国家中所有的更为悲惨而酷烈。中国的劳资阶级，已经是成了一种亡国者与被亡国者的民族的阶级。中国民族，差不多整个地成了一个专替世界资本主义服劳的预备队——中国民族已经（世界劳动阶级）化了！全社会并不生产一点什么，专门只供给他人的原料和劳力，而坐着消费他人的制成品。压迫阶级、掠夺阶级、资产阶级，是国际帝国主义，和帝国主义的工具——国内的军阀、买办。被压迫被掠夺的阶级，便是一般的中国国民。要有哪个能够否认这种铁案的"现实"，然后才能否认阶级斗争的训练之在中国国民革命中的必要，才能说共产党在国民革命中的努力是突过于国民之需要。

戴先生不是叫我们"认清楚中国国家的独立和民族的自由，是要国民中最大多数的农工阶级的人觉醒了，团结成功一个伟大的组织，做国民革命的真正基础，然后才可以获得"吗？不是说"也要是为最大多数的农工阶级的幸福而获得的国家独立，民族自由，才真正是独立，真正是自由"吗？不是又叫我们要"一天到晚，用两只眼睛去看大多数农工阶级的疾苦，用两只耳朵去听农工阶级的呼声"吗？不是叫我们要"更明白了解中国士大夫阶级，已经腐败到了极点，要想救中国，非把最诚实、坚忍、努力的农工阶级的人，唤醒转来，以他们为改革的中坚，然后中国的民族方可以言救"吗？不是叫我们"把世界的革命潮流，细细审查一下，认识现代革命，是工农阶级自己要求解放的革命"吗？我们努力于民众的阶级教育、阶级意识之宣传，正是为了要求实现戴先生所指示于我们的这些道理；正是为了要把农工做成"改革的中坚"；正是为了顺着世界潮流，要叫农工阶级自己以要求解放而革命。为什么戴先生自己掌嘴，却说共产党人主张阶级斗争是突过了国民需要，是叫青年盲从，是贻害中国呢？或者戴先生以为唤醒农工革命，是不必要用阶级的生活利害之说，而只用"仁者人也，义者宜也，尔须爱尔国家，尽尔智仁勇之伟大人格之力"，便可以了事吧？如果是这样，那就难怪戴先生要把一个死了不能自白的唯物的孙文主义，活捉了来硬栽在一个"金克木，水克火"式的东方的什么"仁"的基础之上了！我以为最好请戴先生现在不必坐在环龙路执行部内，貌袭唯物的政法知识，枉谈革命；且去上庐山白鹿洞学朱晦庵消暑讲道。候得每个农人每个工人都诵得一部《大学》、一部《中庸》，然后再来以夫子之道，使他们荷其锄耰戟矜、戈锻长矛，揭竿而蜂起。戴先生说："CP、CY 的朋友，只顾骂无政府主义者空想，而自己却比无政府空想更甚。"我现在却要说戴先生骂 CP、CY 空想，而自己却以梦幻的主观当作真实。我们是空想的，然而我们却不敢相信世上竟有这种可以不用阶级的生活利害之经济组织，而能使农工阶级成为"改革中坚"，去为了要求自身解放而革命的奇迹——只有不空想的戴季陶才敢信它。戴季陶应该知道天下的农人、工人不比你戴季陶曾经受了几十年教育，了解高等的抽象概念。"国民""民族"的大义说法，他们不会彻底领会（戴先生自己没有实地到民众中去做过工作，只专坐着室内作文，所以才有这种唯心的悬揣）。而况戴先生和戴先生的党

181

所要求的革命，并不是单纯的"民族"而另有"民权"和"民生"的建设！戴先生若没有存一片欺骗农工阶级的坏心，若不想在此时以手段骗取农工革命的势力帮助革命，而到革命成功后便抛弃了他们，则戴先生就应当切实承认此时即有阶级的政治训练之必要；以便他们好预防着第二辛亥革命时，被士大夫派袭了一八四八年的法国革命之故智而抛弃了他们。以便用了他们的势力去预防国民党——即那时的训政政府倾向于资产阶级化、官僚化；以便预防将来的"民权"不"民"；预防将来的革命党不诚意去实行那给资产阶级以切肤打击的"节制资本，平均地权"的民生主义。戴先生！这果真是"只可以说是为满足自己的空想而不合国民的需要……和无政府的空想一样"吗？这果真是"单是一味盲进，而且拼命阻止多数青年健全的进路"吗？当果真是"心里想的是共产革命，口里说的是半共产革命，手上做的是国民革命；让一般国民看不出真相、认不清需要，共产的条件，既不会因空想而具备，国民革命又因此生出许多障碍；到困难发生时，只用一句'排反革命'的话来掩护真实的主义思想问题"的那样卑劣吗？除非戴先生硬诬定我在上面所说的那一切道理，一概是"共产"；不然，戴先生便是有意对于共产党友军造谣中伤；便是别蓄他谋，要借故排斥共产党籍的同志出党而打三番的戴式清一色！戴先生！有人说广东政府已在那里实行共产；英国帝国主义、研究系、北洋侦探、买办阶级、叛党的陈炯明、卖党的冯自由等都说汪精卫、胡汉民、廖仲恺、蒋介石是共产党（他们是不是的，别人不知，戴季陶当然知道），你也都认承吗？邵元冲、汪精卫被右派在北京围打，说他们主张共产，你也认为是事实吗？我不料我所钦佩的戴季陶同志，竟然也像敌人诬陷国民党一样，来无中生有地诬陷共产党。我请季陶同志注意季陶自己所说的话：

"便有飞天的本领，也要透过公共的意思，才能有效。不得公共承认，随便什么好意思，都不发生效力的。"

共产党不是三头六臂，更没有什么姜子牙的无上法宝，岂能在国民党内做那非公共承认的共产党之工作。共产党所做的，哪一些不是国民党全体代表在第一次大会中所议决的议案？"党员在党内的活动，可以用三个字说，就是'争决议'。"共产党籍的同志，和那些反革命的右派所起的纠纷，就只是因为共产派太把"争决议"做老火了！共产派事实都要监督促迫着同志们去实行党纲、严守纪律。右派同志不愿（他们不愿的原因，季陶已经说得很详细了，请看他原书），所以共产派才要"排反革命"，所以共产派才说"我们只问革命不革命"。为什么共产派说了这样的话，便是要在暗中消除三民主义？假借三民主义的右派，不革命；我们排斥他——以"革命还是不革命"之尺做度量他们的标准，乃正是拥护三民主义。他如果在三民主义下面革命，他便是个实行三民主义、拥护三民主义的人；否则他便无视了三民主义。所以我们对于那些假三民主义之名以为活动，却只"命"而不"革"的人，一针见血、直攻其心，说"我们不问（你）主义如何，我们只要问（你）革命不革命"。这有哪些不对、不应该？戴先生偏心所在，必欲诬陷我们于青年之前，我敢告诉戴先生那是不行的，请看：

"以后本党一切政治主张，不得与总理所著建国方略、建国大纲、三民主义、第一次全国代表大会之宣言及政纲，及九月十三日宣言、十一月十日宣言之主旨相违背。凡违背上述主旨之议案；无论何人概不得议决。

"我全体同志应知……接受总理之遗教，即为纪律之基础。自今而后，我全体同志，必以至诚至敬，如在其上，如在其左右之心，奉本党之纪律，为无形之总理……

"如党员之行动及言论有不遵奉总理之遗教者，本党皆一律以纪律制裁之。且以后无论何的，决不因党员之成分不同，而动摇本党之最高原则……"

共产派在国民党中所努力的，联合世界以平等待我之民族共同奋斗，以反抗掠夺世界大多数人类利益、阻碍人群进化世界大同之帝国主义——打倒一切军阀的工作——就是张继、谢持煞有介事地，说什么捉得了CY的印刷物上所刊着的那些"在国民党中尽力使国民党左倾，尽力防止国民党只注意军事行动而忽略向民众宣传的政策，尽力吸收农工无产阶级加入国民党，尽力使国民党亲俄"等他们所目为"阴谋"的事，乃正是总理的"遗教"，正是决不许以党员成分不同而摇动的"最高原则"。总理在尔左右，戴季陶先生，休妄想国民党右倾而戴氏化吧！

现在我们明白说吧！共产党为什么才加入国民党的呢？是为了要先成就民族的国民革命，以便完成那社会革命中最必要的产业发达而集中的条件；为了恐怕国民党仍然如从前那样的只顾民族忘了民权、民生；为了防止国民党右倾官僚化；为了要使国民党成为群众的党，成为不专只为士大夫派所垄断，不专只为代表资产阶级，而变为兼重农工阶级利益的党；为了要驱逐"一般过惯了放任的政治生活，所以不愿再走到近代规律性较强的政治组织路上去，但喜无规律无组织内容空虚的"革命党中的右派党员出党，以肃清中国国民党的神圣的纪律；为了要防止"今天是这几个联合起来反对那几个人，过几时又起一个分化，昨天的敌人，今天又做了朋友联合起来，打昨友今敌的人"的纷纷扰侵的军事革命现象，和党的浪漫、腐败、堕落（戴季陶先生虽然说了痛恶那些朝秦暮楚者的话，但是戴先生却始终不肯对于他向来所引为友生而正是此等人物的四川同乡石青阳、熊克武、吕超等明加攻击，亦徒见其虚伪无勇而已）。

张继、谢持诚然是铁面御史，然而这样的共产党又有什么对不起国民党同志的处所？一个共产党在国民党内，是否忠实，只看他是否照着党纲在做好了；国民党并不是没有党纲的，现成有一个标准在，何苦无事自扰，相惊怕有地发梦游病？是照着党纲在做，那么就是一个共产党，也只好承认他是一个忠实的同志。否则，即令不是共产党而是老同志——如冯自由、马素乃至现在就职法长的杨庶堪，又何能庇——只好请他滚出党门，屏诸四夷之外（我不知身居最高干部、口谈纪律的戴季陶，对于杨庶堪这种人如何竟不闻不问）。有什么共产党利用国民党可言？真正是无常识之至！使共产主义而可以立时实现，则共产党又何必要来加入国民革命之工作中？它何不去直接实现，加入国民党岂不是多事？使共产主义而不能立时实现，则虽假托国民党又何能为？戴先生不惜用了学者的偶像态度，精致地侮辱共产党，说CP是"寄生"。季陶！你为什么如此侮辱朋友，你不怕也侮辱了自己吗？一九二一年中国共产党（即CP）在上海发起的时候，是哪些人，你还记得不记得？戴季陶、沈玄庐、陈独秀、李守常、谭平山，和一个俄国同志——一共六人。你后来因为被中山知道了，写了一封信来，大责备你"叛党"，还向着同志大哭一场，请求退出——说"我无论如何一定从旁赞助，现在暂时退出"。你真是一个"不盲进"而以自己之意志，发现国民之需要的人吗？现在你转过头来骂陈独秀是纵横捭阖的"中国列宁"，说CP是寄生！CP果真是寄生吗？这有它的堂堂的"中国共产党"的组织，有堂堂的言论机关，有堂堂的被你所羡称的"组织极严"的铁的纪律。它是寄生吗？是的，你也可以反问CP为什么不直接把CP、CY的招牌拿出来，为什么要秘密？然而我不知道这个秘密的CP一般人又是何从而知道的？它若没有显明的名义，世上人又何从而知有一个CP？为什么我们没有拿出招牌？戴先生应该知道CP在加入国民党之外，还依然保有它的完全的党的组织存在。它若没有招牌，它能从事于党务之活动吗？不过它因为政治上敌对阶级的压迫关系，还不能够像国民党那样托足租界，托足于三角同盟之下成立公开的执行部及一般的党部机关罢了！然而这种秘密性正是CP的光荣——且与加入国民党，有什么关系？戴先生最侮辱人的话，是说CP寄生于国民党，假借国民党的经济力以为宣传。戴先生！你若有一点道德的责任心，就不该说出这种自欺陷人的话。

戴先生说CP、CY不该在国民党内吸收左倾的党员加入CP，说陈独秀操纵国民党。这未免太把国民党看轻而把陈独秀看得太神奇伟大了！共产党人以共产主义之教义，向国民党同志征求同意，这是和在国民党外，对于任何人的宣传一样的。它不过求一个信仰现所需要的这个三民主义的人，也信仰那为未来时代所需要而又足以促进现在所需要的国民革命之成功的那个共产主义罢了！它并没有叫国民党人放弃了三民主义去信仰共产主义，它不过是叫人们在信了三民主义之上再进一步兼着去信仰共产主义。这是等于说在实质上，增加了一个加入国民党的共产党员。三民主义是共产主义实现过程中之一阶段，所以三民主义是与共产主义相成而非相反的。因此共产党才来加入国民党。岂有对于自认为相合而又有加入之必要的三民主义，反去叫那些从三民主义加入到自己这里来的人抛弃它的道理？戴先生连这种浅理都不明白，岂不可惜！若说共产党不问是否它叫人放弃三民主义，而简直不应该拉国民党入共产党；那便是国民党不以同志不以友谊待CP，而视CP为专替国民党服务的奴隶了！试想在两个友军相往来时，能够说只许CP加入国民党，不许国民党加入CP吗？而且使有一人他自己要自动的宣告脱离国民党而加入CP时，又怎么办呢？思想应该自由，只问他在党时是否遵循党纲；兼党跨党不足为病，只怕所跨所兼者是两相水火互相冲突的团体。所以戴季陶请求退出CP时，CP一点也不留难，完全让他自由。

现在共产党与国民党两方既均以某种策略和政见相同，认为有互相提携、彼此兼跨之必要与可能，则不应再有不许跨党的问题发生。戴先生想叫国共两党成为奥匈君合国的关系，却又只准匈牙利人入奥，而不准奥地利人入匈（在戴氏心目中，是以匈牙利待CP的），试问成何说法？

戴先生说广东有一个区党部的党员，写信叫他制止反共产的言论。戴先生遂认为是加入国民党的CP同志所为。我不相信世间上竟有如此昏闹的CP党人。CP内部的训练，极其严密，常常有政局的讨论，对于友军中某某人的思想也常常有通告，且常常警告党员意识自己所居的地位——决不会有此等发昏的信徒发生。自然我们不能怀疑戴先生在这小事上也说谎，然也保不定不是倾陷共产派的右派党人故意耍的把戏。

戴先生说CP同志，在党内不许非CP同志得到做事受训练的机会。这话我想只要广州、上海两地的同志一自反省，便知其完全是造谣。别的不说，只说这次五卅案中，该有多少非CP的国民党同志从事于奔走（就是戴先生自己也曾说这些大多数真实在作革命工作的同志，要比CP多许多倍）！据我所知，像南京市，一切代表学生会宣传奔走的工作就完全是靠着非CP的姚尔觉同志一人。南京的CP同志，不但一点没有想妨阻他，并且和他一点界限也没有。姚同志自己应该感觉得到。我在这里要说句得罪人的话，戴先生且勿怪CP同志不许非CP同志得到工作，当先问一问非CP同志中那些未去工作的同志的热心、能力、毅力、牺牲精神、纪律习惯，究竟怎样？CP同志之所以不肯放轻自己的一点责任而遇事总要首先上前者，正因为要在党中造成一个勇于赴战的风纪，激起惰性、防止腐败，怕他们那班人不干而致贻误了事机的缘故。又譬如戴先生说这次选举，CP同志几乎完全不让非CP同志当选——也是冤枉。最近如北京市党部选举，明明是右派和非CP同志竞争，明明是右派捣乱会场并殴打主席郭春涛君。事后右派登报却要说是共产党把持。这样的事，戴先生难道也承认吗？郭春涛等之为非CP，我想不但郭君等自己知道，就是北京市所有的同志，亦莫不知道。然而右派却偏要如此捣乱，研究系等报纸乃故以为凭，扬大其波，这叫CP又何法？戴先生意思又想排出CP同志不许为国民党最高干部服务，我想这也很可不必。戴先生既口口声声要把国民党民主主义化，为什么不把这种问题听之于人才主义的民主的公平选举？有什么理由可以排斥一个由下级党部选举而来的守党纲奉遗教的共产派同志之为干部职员？那便是以党员成分不同，而摇动了党的最高原则了；戴先生如不想叛党，我劝戴先生不必讲这种破坏纪律的话。

　　戴先生要CP在加入国民党之后，将CP的组织完全放弃，这是把CP加入国民党的方式看错了！并且不懂得国民革命在世界革命中的意义及CP历史的责任（可参看《国民党革命与世界革命》一书）。CP加入KMT（国民党），并不是整个地加入的；它是秉承世界革命的大本营——第三国际的命令，认中国现时这块半殖民地上的国民革命之工作，是全国各阶级共同需要的，须得要能和多阶级所组织的国民党去领导，而代表工农利益的CP在这目前一致的需要中应指导它的党员实际加入国民党中去扩大国民革命的运动。故CP加入国民党的同志，是部分的，并不是整个CP完全加入。那样的加入，是合并了：自然应该消灭组织。现在CP在加入KMT之外，仍然还有它自己的党和CY存在，还有它自然的主义工作要做宣传组织的运动，为什么便应该消灭了它的本体呢？它不过是认目前暂不施行社会革命；它并没有承认世界上可以永久不要社会革命，如何能要它放弃了共产主义而完全消没于KMT？

　　戴先生说CP的机关报上常常批评KMT的领袖人物，"故意造作谣言，想借此使一般青年发生不信任KMT的心理"。我很奇怪戴先生为什么不把CP所造的谣言一一列出？CP加入KMT的第一目的，便是要督促KMT不许它腐败。所以CP对于KMT重要人物的一言一动，莫不注意批评，小有不合便不惜一点、不客气地加以痛切的纠正。CP对于KMT的政策，是要制止它的军事行动，而把它拉到做宣传组织等基本工作方面去的。所以对于KMT的一般信任军事的革命行动，常常加以驳斥。这是因为CP在中国已往的经验及一般的革命原则上，觉得广东方面的军事运动耗财劳民，实际上不但与革命无益，徒为杨希闵、范石生等造些抢劫人民的机会，和北方封建军阀一样地作恶，只足以授研究系等反动派以毁谤革命、指摘广东的口实；并且还实在惹得广东人民抱了满腹怨恨。CP反对军事运动，是要叫KMT集全力于建筑下层基本之农工青年运动。即戴先生的三叹息在民国二年时就应该做而未为一般同志所注意，以致让得陈独秀、胡适之去出风头的"文字革命"（我很不了解：为什么一个这样知道文字革命之重要的戴先生，自己也不在当时出出风头，偏也要让陈独秀去做）。CP批评人向来是赤裸的，并不像戴先生们富有虚伪的绅士气；自然有时不免用了锋利的笔，直攻肉搏。在戴先生以为是叫人不信任领袖；在CP则正是所以防止一个领袖腐败，矫正一个党的行为的正当方策。CP不单是如此对待KMT，便是它自己在内部开起批评会来，还要更加严厉。季陶没有受过这种训练，自然觉得难受。告诉你吧：就是你所讥谑的"中国列宁"在CP党内有一言说错了，也要受最下级最普通的党员，指着他的眼睛皮上斥责他；一样地要受党法制裁哩（戴先生说刻薄的"中国列宁"挑拨KMT暗潮，多数CP党员却不阻止他、纠正他。谢谢戴先生的挑拨，我们的独秀如真有什么背党违法的行为，我们自会处理，用不着戴先生如此暗示）！我们的党是以主义信仰而集合的，我们的党只靠主义与纪律维持它。我们用不着以虚伪的绅士习气保持领袖的偶像尊严。列宁、托洛茨基所以不能变坏，袁世凯所以不能在布尔什维克中出现，所以不许它有刘揆一、冯自由、陈炯明、孙毓均之徒，也正是因为如此。一个党如果只靠领袖的偶像维持，而不问是非好歹简直不许党员批评，那便是一座沙上的宝塔，倒下来是非常容易的。这样的党创造出来的政局，一定也容易腐败或为他党所攘夺。CP批评汉民、精卫诸同志，乃至批评中山先生，及谭平山同志在"革命"上之所为，都只是这样一个动机，实在并没有存有季陶那样所揣度的卑鄙心理！季陶又说CP的人挑拨许崇智和蒋介石打仗，这不知有什么证据。CP正在痛斥研究系的《时事新报》天天造谣，说许蒋的共产和反共产不睦（蒋介石之是否CP，季陶当然知道），岂有自己还去挑拨的道理？季陶说是CP想从中谋利，请问这个利如何谋法，又有些什么利可谋？季陶必要如此在青年前诬陷CP，则何必不说商团之战，杨希闵、刘震寰之战，都是CP挑拨的。这才真是无聊已极！

戴先生说CP不注意"民权"，单只以打倒帝国主义打倒军阀的口号，诉诸人民的愤怒。我请问最近全国的国民会议促成会运动，究竟是否也有CP同志参加努力？戴先生又说"打倒帝国主义，是从我们的民族主义和民生主义的基本概念产生出来的；打倒军阀，是从我们的民权主义和民生主义的两个基本概念产生出来的；仿佛是CP所说的，这两个口号的来路与他不同。我请问，谁曾说过CP对于这两个口号的来源不是由于民族、民权、民生的要求？

戴先生说CP"要中国的青年们，不要以爱自己的历史爱自己的民族为出发点，作民族革命"。这是戴先生读CP的"历史只读一段，讲道理只讲一半"。CP并不是不要人们爱自己的历史和民族，CP只是要人们在爱自己的历史和民族时，同时也爱他人，而不以爱自己为限罢了！如连自己的历史民族也不爱，则纯粹以爱他而牺牲的世界革命又何能成功？不过CP叫人无论是爱自己的，或他人的历史和民族时，应当分别一下自己和他人的历史中、民族中，谁是友、谁是敌，而再施其爱罢了！譬如我们的张作霖和替工部局登"诚言"的申新两报便当不爱；而协助我们的英国工人，同情我们的日本海员则当爱。CP若不爱自己的民族，则CP又何必去反抗帝国主义，更何必加入KMT大呼民族独立？

戴先生说："某某同志，在他一年来的努力成绩上说，不但是中国国民党后起之秀，实在也是中国不可多得的人才。假如没有CP的关系，一般同志，又何至于生出许多对他的反感。"这位同志是谁？既然是中国国民党后起之秀，而且又是中国不可多得之才，为什么却要因为有CP关系，就要反对他？我现在到底要问问戴季陶，在戴季陶所认识的KMT之中，究竟是不是已不需要CP参加了！是不是现在就要叫所有加入的CP党人一概退出？竟请直截了当地说，不必如此吃肉不吐骨头。难怪我前天在上海听见一位青年同志说："听说戴季陶怀疑恽代英同志有CP嫌疑，现在打算设法把他调开上海执行部。"原来季陶是要如此这般（季陶曾数次向代英同志说他自己要独创一党。呜呼，总理之骨未寒，KMT却要因戴先生之知识的高傲而分家了）！戴先生，你这种态度，果然是在遵守你自己所说的"民主的原则"吗？

戴先生说青年们以为德谟克拉西是资产阶级的主张，是"太看左了"，他说："在中等阶级觉悟的时代，中等阶级对于贵族要求民权，等到他们既得到民权，当然没有再要求的必要了！近代实行普选的国家里面，无产阶级没有民权，所以他们要对于资产阶级来要求。等到既得民权之后，他们的目的本是在以民权为手段，建设无产阶级所需要的政治，所以只看见社会问题，而不看见民权问题了！"在这一段话中，明明白白承认资产阶级（即中等阶级）在得到了他

191

们的民权之后，便认为满足，不管无产阶级需要什么，便把一切革命运动中止了，便要再等到无产阶级对着他们要求（革命）了！请问，这样的德谟克拉西（民权），不是资产阶级的生活工具是什么？为什么"太看左了"？戴先生话中的第二个意思，便是明明白白说无产阶级因为把民权看作了"手段"，而去另求他们所需要的政治，所以才看不见民权政治问题——弄得把民权看成是资产阶级的东西。这话的反面，便是：你若只以获得民权为目的，而不去要求你所需要的无产阶级政治；那么，你便不会太把民权的看法看左了——而认为是资产阶级的主张了！诚然，诚然！凡是资产阶级的人，哪个不是以民权为目的，而把民权的看法看得不太左的呢？凡是无产阶级而以要求自己幸福为目的的人，又有哪个不如戴先生所剖析的而将民权的看法看得太左了呢？原来戴先生指摘青年看民权看得不对，看得太左；是因为自己的看法看得很"右"。原来戴先生是要青年们在革命中只以民权为目的而不去取进一步的观点，把民权看得太左！在这里，戴季陶无意地招了供了！在此时，骗取农工阶级的感情帮他革命，故意地说革命非农工不行，拍农工的马屁。等到革命成功，却是要丢却农工，让农工再来要求（革命）农工的"民权"。难怪戴先生反对阶级意识，反对阶级革命的教育；难怪就是那为中国国民党后起之秀而又为中国不可多得之才的同志，也要因有 CP 关系而生出许多对他的反感！中山！你的孙文主义——节制资本、平均地权的民生主义的生命，已经发生了危险了！如在其上，如在其左右，你该不至于舍弃了"跟从总理十余年"的党的著作者吧？

戴先生说："五卅事件以来，……十分觉得中国青年，在政治上的认识和经验，欠缺得很；认识了世界，却不认识中国；认识了中国又不认识中国应由之道。"我不知戴季陶个人究竟有什么特别的认识，若以中国国民党之认识为正当之认识，则青年们对于五卅案，认识中国是帝国主义压迫下的一块半殖民地，认识世界是资本主义商品争霸的帝国主义之世界；认识中国应由废除一切不平等条约，打倒帝国主义和军阀的两重压迫而得到解放，便一点也没有错。然而季陶却要在搬出"学问"吓人之外，又搬出"经验"来吓人，真是"如数家珍"！大概又是中山曾经和季陶说过一种特别话——或是中山另有一种遗言，只有季陶一人听见，连"展堂精卫也未与闻，当时只有一人和我闻得，可惜死了——便是执信"吧？

亲爱的季陶同志！请你放心，在你所目为"纵横家的'中国列宁'（你四年前同着发起CP的老朋友）统治下的幼稚的马克思主义者"实在并不幼稚，并不"和无政府主义一样的空想"，也并不荒唐。我们之间的问题，还是你自己同谭平山同志说得好："要想新旧党员水乳交融，除非是组织成功一个单纯的团体。"我们诚恳地希望你在最高干部中，本着"民主的原则"，肃清右派！至于CP、CY它本不是"寄生"，你可不必忧当作蛀虫！

请读者参看戴先生原著《国民革命与中国国民党》。可向上海法租界，白莱尼蒙马浪路，慈安里三弄二十八号，季陶办事处，索赠。

一九二五年八月十日在汉口

（选自1925年10月20日出版的

《国民革命与中国国民党》单行本，署名：抽玉）

国民革命与"专一""诚意"

在"实践"第七期上,李寿雍先生,提出了"国民党内是否应当容留共产党"的问题。寿雍先生肯定着说他因为要求"国民革命"之实现,承认国民党应该容留"抱同一目标的共产党"而"集中国民革命的势力"。他不像右派和其他反革命派挟着意气说话,他很公正地承认共产党是一个"革命党"。但他主张容留共产党时,要附以条件——便是要求共产党"专一""诚意"地做国民革命工作。怎么样才是专一诚意的国民革命工作呢?在寿雍先生以为就是要共产党在此时不去做那"阶级斗争"的工作。他本着马克思的唯物史观说:"生产力没有变动之先,社会制度是没法变动的;要社会先形成有产阶级与无产阶级之两大势力,并且要无产阶级有了觉悟,然后才能有争斗。"因此,他断定:"共产党这个时候就提醒有产与无产阶级之争斗,未免过早。"我以为寿雍先生,这种论断,似乎有些是在"自圆其说"。现在有谁能说中国社会的经济组织不是已经在一种"产业革命"过程的开始中呢?寿雍君当知孙中山的民生主义,就是由于上述的那种客观变动产生出来的。如果,中国的生产力没有变动——照寿雍先生所说,依然完全是封建时代的状况,则岂止阶级斗争说是太早，就是孙中山先生的民生主义又何能有——又哪里有资本可以节制呢？寿雍君如果肯将八十年来的海关统计和民国时代的一切农商经济统计仔细校勘一下，则将有一个很明了的产业革命之初期现象，一个很悲惨的中国人民因手工业破产而失业的状况——摆在眼前。中国没有阶级吗？中国的近代产业工人已有几十万，而且他们正像欧美各国那样经过一种有组织的大奋斗。在唯物史观上，阶级斗争是一个自然的事实——除了所谓"上帝"，谁也不能主观地要它有，或是要它没有。寿雍君说共产党"提醒"阶级斗争，退一步承认他这话，即是由于共产党提醒的。然寿雍君先生当知"提醒"是不成问题的；成问题的，是为什么单单地在今天就可以一"提"而"醒"。为什么数千年来没有人去提醒？为什么数千年来偏都提不醒——而单单在今天才有这个可以供共产党提醒的事实来让它去提醒？一个社会中的阶级斗争的潜在意识，已经到了这种一提便醒——甚至于本来就是"醒"的，并不是由于共产党之"提"的地步；我们还要以主观的闭目否让它，这是可能而且应该的吗？寿雍先生说："中国被掠夺阶级，是民众全体"——"你探询银行家的意见，他一定嫉视外国银行；你探询实业家的意见，他一定也要关税自主。"假如寿雍先生的话是真的，则共产党对于恨外国银行，要求关税自主的资产阶级正要与他们结成打倒帝国主义的联合战线。共产党只反对那不肯以立即罢市赞助五卅运动的方椒伯；反对那站在日本帝国主义方面协同压迫五卅罢工爱国工人的穆藕初、虞治卿。如果这种的阶级斗争都不应该去做，那么，寿雍先生所下的国民革命之定义，所谓"联合民众，在内铲除自私的军阀官僚政客的势力；对外打破帝国主义者加在我们身上的桎梏"，还有什么意义呢？这样的阶级斗争就是非共产的孙中山也会大做而特做过——广州的商团之战。在寿雍先生的理论上，广州商团何尝不是我们应该联合的民众；何尝不是我们一与他们决裂便是分散了革命势力的一种势力？然而到了他们一定不肯"嫉恨外国银行"且反而与香港帝国主义勾结起来要打倒我们自己时，我们也能说"我们应该顾惜，不可分裂"；而不像中山先生那样断然决然地做那一场的阶级斗争吗？我想寿雍先生总该知道广东商团事变，乃是国民党去提醒的吧？除非你不要求真正的国民革命、民族独立；倘若你一触到帝国主义、买办阶级、资本家的本身利害关系——你就想极力避免阶级斗争，阶级斗争的事实，还是要找到你来的。寿雍君说"革命者要有仁慈的胸襟"；我想孙中山先生大概总可算是一个有仁慈胸襟的革命者了！然而当他在韶关行营，认定商团非剿灭不可时，却一点也不徘徊踌躇——开始了中国国民党指挥下的工团军、农团军与商团军的阶级斗争史之第一页。

至于寿雍君说："工业家和商人，虽然是在剥削无产阶级（依此语，则是又承认中国确已有了有产、无产两阶级），但是我们现在不独应与他们相安无事。"并且还应当引导无产者的注意力去向外反抗帝国主义。这便是寿雍君的"仁慈胸襟"。但，那些被剥削者倘若一定要自动地起来反抗，你又有什么法呢？大概寿雍君该也要看一看国民党党纲上所谓为农工阶级谋利益的话，而做你自己所应该做的事吧？

中国共产党把无产阶级认为革命的主力军，是不错的——因为历来的国民革命运动的事实证明，都是知识分子和商人资本家容易与帝国主义妥协，而唯有工人的奋斗能坚持到底。（如五卅运动中，知识分子主张缩小范围，主张速了；商人半途开市，甚至发生拒绝检查仇货等现象）。每个真诚希望国民革命成功的分子，都应当承认无产阶级为革命的主力军，这又何曾只是共产党一家之言呢？

最后，我对于寿雍先生注意到国民党的纪律和组织，十二分地表示钦佩；不过寿雍先生所说的话，在实际上究竟有什么关系呢？

我们只要看戴季陶先生的小册子,亦说了许多整顿纪律和组织的话;结果他自己便降服到那些破坏纪律组织的糊涂右派一方面去,而且他自己便悍然往北京做出破坏纪律和组织的事情。所以我敢断定,像戴季陶先生或者寿雍先生这种理论做去,非自己陷于反动方面去不可,而对于国民党的纪律和组织问题是永远没有办法的!

(载《中国青年》第 103 期,署名:抽玉)